U0754679

文化呈贡系列丛书

找一个字代替

云南大学出版社
YUNNAN UNIVERSITY PRESS

字秉翔◎著

图书在版编目（CIP）数据

找一个字代替 / 字秉翔著. —— 昆明：云南大学出
版社，2022
（文化呈贡系列丛书）
ISBN 978-7-5482-4438-7

Ⅰ. ①找… Ⅱ. ①字… Ⅲ. ①散文集—中国—当代
Ⅳ. ①I267

中国版本图书馆CIP数据核字(2022)第037917号

策划编辑：陈　曦
责任编辑：陈　曦
特约编辑：王　梅
装帧设计：刘　雨

ZHAO YIGEZI DAITI　　　字秉翔◎著

出版发行：云南大学出版社
印　　装：昆明理煌印务有限公司
开　　本：889mm×1194mm　1/32
印　　张：6.875
字　　数：163千字
版　　次：2022年6月第1版
印　　次：2022年6月第1次印刷
书　　号：ISBN 978-7-5482-4438-7
定　　价：58.00元

社　　址：云南省昆明市一二一大街182号（云南大学东陆校区英华园内）
邮　　编：650091
电　　话：（0871）65033244　65031071　65031070
网　　址：http://www.ynup.com
E-mail：market@ynup.com

若发现本书有印装质量问题，请与印厂联系调换，联系电话：0871-64167045。

种　字（代序）

凌仕江

很难考量，一个人捉摸一枚字在冬季思想的冷藏里，究竟能够持续散发多久的热能？

从古至今，弄字的人不少。把字弄好的人，让人记住其字的，少之又少。有些字，实在无法弄清其生命的真相，特别是对于长期种字的人。比如有人早已著作等身，每天还在不断笔耕，于是便想投掷一问：在你亲手种下的那么多文字里，哪一枚字最能入你心怀？

种字的人怅然若失，久久无语。

《字典》库存了字的密码，每一枚字早已被设定基本意思，但在勇于创新的种字者看来，那些意思多是无效之意，甚至有滞后表达者心境的困扰。因为字落到纸上，意想不到之意，或触类旁通生产的无限之意，像是通过天空长河里的一滴水，有时还是不求甚解好。

汉字之境，或汉字之意，说大就大，说小就小。

有一天，笔尖下突然飞来一枚字，像一个落荒逃走亿万斯年的兄弟，他就是《找一个字代替》的种字人——字秉翔。

字很懂字，字字玄妙；字很陌生，字字珠玑。字的出现，让我马不停蹄跋涉百里，返回《百家姓》找寻，无果。于是，又千里迢迢辗转追寻《千家姓》，翻来覆去，尘埃落尽之后，终于发现一丝微弱的光亮，那枚"字"正悄悄藏匿千年冰雪的海面上，看不见源头，亦找不到归处，无族谱，无家脉，孤单得恰似被乾坤遗忘的玻璃鱼，就连汉诗与说文，都没有撒落字姓的蛛丝墨迹。

那么，这世上住着的字姓人家，到底来自何方？

字说他的老家在沧浪之水流经的澜沧江边。如果选择自驾，到了凤庆县凤山镇，还得步行许久才能抵达清水河的石头窝。那是彝族的一个分支部落，那里住着许多字姓人家，遗憾的是当地的人们，追问了一代又一代，山无语，树无声，水依然，字族的起源至今没有找到一个确定方向。

原本汉界里的寻常字，在生僻的姓氏里就成了少数民族，这多少会让一个种字者猜疑半天。彝族的姓通常有几种主要来源：一是用祖先名人的名或号作姓；二是以统治者的姓氏为姓；三是以居住地名作姓；四是以职业称谓作姓；五是以绰号作姓；六是语音变化所致……如此看来，字最初是否姓字，就成一个耐人寻味的谜了。

字一样的谜，谜一样的字。

此字可能是石头窝部落前世的小王子？清水河至今流淌着他年少的歌谣。在他歌声飘过的地方，随处愣着牛儿、猪儿、狗儿、猫儿、鸡儿、鸭儿、鹅儿、鸟儿……见了我种在西藏，或故乡的字，他天真地问：先生，能不能通过你笔下的字，替我找到来时的祖先？

凛冽寒风中，我怯怯地望着他，这真是一个难题。种了那么多年的字，第一次发现，原来真正的字面对自己也有迷茫的时候。问他可否多给些时间，不料字哈哈大笑：没事没事，先生啥时给我消息都行。

我深锁的眉头，微微放松。

适逢腊八，留步善安寺的禅悟书院，一眼发现那本瘦长的经书，里面竖排着特征各异的字，令人思绪翔飞。在场的居士和颜悦色，声明这孤本的经书不容请走。于是将目光随处投射，看见两本与众不同的手账，封皮材质皆为丝绒，一本藏蓝，一本林绿，其纸张质感为上等牛皮。拿起藏蓝，放入掌心，反复掂量，沉香温凉，封皮上的丝绒呈现一缕云团，祥云之下，有一个人，静坐山冈，聆听自然。

那一刻，我听见的不是风，而是千军万马之中将我从特提斯古海救了出来的字。

字擅长种字。一个字延续着另一个字的密码，一篇字连着册页的生机，一册山河撒满了星辰大海的字，晶莹剔透。许多时候，字就像那些阳光下安放人间的葵花籽，风一吹过，字就在大地上扬花，蝉声叫过的夏天，字就种满了百合盛开的花田。他的动念支配着字的生命属性，金色的字是季节收获的全部。他的字精妙柔软，似天空之城；他的字轻灵从容，如清溪边的野姜花；他的字赋有金属质感，如黑陶里闪光的眼睛。《找一个字代替》恰似一幅恬淡的水墨画卷，字的横撇竖捺渗透着真、飞扬着情、殷切着唤、传递着暖。

字的声音不远，很净。

字的形态心善，则安。

没错，字的祖先一定来自祥云深处。于是，在天光作美的善安寺，随喜请走了一本祥云。在来自祥云深处的那个人看来，无字的天书，无须一壶酒，在若即若离的时空伴随里，种一个动荡不安的字，便足以慰静止的风尘。

是为序。

（凌仕江，中国作家协会会员，国家一级作家，冰心散文奖、老舍散文奖获得者。）

呈贡味道（自序）

偶然，结缘呈贡，自此，邂逅了呈贡之隽永，触摸了呈贡之底蕴，咀嚼了呈贡之秀美，见证了呈贡之崛起，既惊叹于城市规划之独到新颖，更有感于文化元素之沉笃厚重。

每一个纤柔细致的角落，都是一阕精美绝伦的诗歌；每一幢特色鲜活的建筑，都是一支铿锵有力的调子；每一张意气风发的笑脸，都是一幅生动明朗的丹青。因为热爱，所以抒写；因为景仰，所以虔诚。四季的交替，流淌成满目的文字，每当穿梭在书香四溢的象牙塔，那些风华正茂的花叶，也能为你还原一帧活泼无瑕的懵懂流光，裁剪一段欲说还休的青涩年华。

深深浅浅的文字，轻扬了单纯明净的欢喜；

细细密密的遐思，渗透了朴素炽热的心灵。

"浪起风梳柳，花落流水秀。"呈贡先民在漫长的岁月里不断与大自然磨合，在奋斗中进步，在创造物质文明的同时，也创造了丰富的精神文明。古老的呈贡是美好的，丹水潺潺，流韵一脉繁阜，水光潋滟，倒影城市繁华；如今的呈贡更是多彩的，革故鼎新，得沐改革时雨，励精图治，扬起开放风帆。一个"春城花都展示区"、一座"现代科教创新城"正快速崛起，并以其前所未有的姿态，齐刷刷地，雄傲于世人面前，启动一个又一个鲜活的发展引擎，也成就一拨又一拨创梦的天之骄子。

眼睛和成长交流碰撞，心灵与文化交相呼应，于是乎，我和呈贡达成默契，镌刻下一枚芬芳的约定。

驻足呈贡，我俨然成了一名饥渴的"饕客"，在美轮美奂的季节深处恣意飨受——阳光的午后，百芳摇曳，素馨弥漫；月光的窗扉，铁马冰河，入梦而来。

文思之笔，由此璀璨。

呈贡味道，由此馥郁。

几番感念几番玩味几番耕耘，无数斑斓的色彩兀自沸腾。循着梦想前进的方向，思绪开始起伏，直至欢快地奔跑，一如锦鳞潜翔，自由弋览；再如山茶吐蕊，热情盛放。

不知何时，呈贡的美景、美人、美事，浇灌了心中坚定不移的信念和灵动不竭的源泉。

不知何时，梦里花开，绚烂若霞，缤纷如焰。一如冰心先生深情挥就的《默庐试笔》：论山之青翠，湖之涟漪，风物之醇永亲切，没有一处赶得上默庐，这里整个是一首华兹华斯的诗。

展望呈贡，聆听呈贡，阅读呈贡——这里，绝对是一首华兹华斯的诗！

目　录

种字的月光

万溪密码

行走的花瓣

故乡的云

驿路山草

爱的老情歌

迷路的光阴

心情版画

种字的月光

如水般清澈的眸子
夜夜眺望
矜持的初心
喜欢填写
一字一句的微芒

听一曲天籁
抒一枚吟唱
画一轮月亮
种一世芬芳
……

填 字

　　常常，一个人品读着他人的文字，竟让自己欲罢不能地写下另外一些相似的心境。那样的文字，竟让一颗心，缤纷如织，无语凝噎。

　　一定有一些文字，可以让我准确地表达情绪，可是，浅斟低唱后，我宁愿选择放弃；一定有一些语言，可以让我极力地抒发感喟，可是，话到嘴边却成了缄默。

　　不曾想，多年后的今天，竟然在文字中迷失自己，这让人始料不及。那么多锦瑟流年成了身后弯弯曲曲的路。得到过，也失去过；欢喜过，也悲哀过。时至今日，似乎所有的文字和语言都变得苍白。眼睛看到的好也许并不是真的好，而我们所认为的哀伤也许根本算不上哀伤。

　　从前很慢，我喜欢把心事涂成文字，可现在，我把文字弄成了心情。从前的文字，是纸和笔的对话，随一个花信封飞到友人的书案；而现在的文字多为一种祭，隐晦在暗夜里，纠缠着心的疼痛。

　　很奇怪，至今步履之处，仍然残留下那么多痕迹，也许因为错过，也许因为感动，也许因为负疚。如果可以选择再回到从前，我们悄悄更换位置，你守在静静的角落，我填着淡淡的文字，彼此发送山长水阔的怀念，然后，让心情美丽，一如当年。

　　找一个字来填，填写空白，填写晨昏，填写流转的四季，填写一路向前的人生；再用一些极为精准的字眼来代替亲情、友情、爱情，代替故乡、他乡。

初　心

一座村庄该从油菜花说起，从桃红李白说起，从杨柳青青说起，从一条河的源头说起。这里有"黄莺裳裳绿叶稠"，有"万条垂下绿丝绦"，有"落霞与孤鹜齐飞"，有"似曾相识燕归来"，有"人面桃花相映红"……

三月，我和父亲行走在春庄里，记录下每一个晨昏，每一眸遐思，每一行脚印，每一缕光阴。父亲的烟丝，缭绕着油菜花的心事，小蜜蜂为整个家族的衣食住行忙碌，无暇顾及我们一度驻足观望的表情。

我和父亲边走边聊，那些从黝黑的泥土里生长出来的故事，遥远又近在咫尺。而此刻，一些从天空里飘落下来的文字，咫尺又遥远，熟悉也陌生。

我的文字，原本也和农作物一样，是从土地里生长出来的呀，从咿呀学语到蹒跚学步，从青涩羞怯到饱满成熟，原本一直都有泥土的味道，哪怕生长的植株不够茁壮，伸展的花叶不够丰满，结出的果实不够营养，但至少保留着初初填字时的纯真与热望。

乱花渐欲迷人眼。走着走着，许是被驿路的风景干扰，被众香国的颜色左右，不知何时，我的字突然断了根、失了魂。无根之字，在风中飘忽不定，来无影、去无踪。它被大团大团的花香包裹，被大团大团的颜色修饰，开始忘乎所以，肆无忌惮，开始花枝招展，粉墨人生。

某个夜里，心还是会痛，跟我的字一样。

没有了泥土的庇佑，字的呢喃很苍白，呼唤很空洞，欢喜很浮夸，悲伤很矫情，字的格局变得肤浅，精魄变得孱弱，很容易被缪斯们逮个正着，并给予义正词严的鞭策。

字的觉醒，是在醍醐之后，瞬间，神清气爽。脉络走向，依心；悲欢离合，依情。心情根植于土地，不骛远，不任性，恰似小河淌水，四季潺湲，心事明净。

一位挚友告诉我，"每个人的诗和远方终归都会回到原点，因为我们的蓝色星球是圆的"。——嗬，如此体悟甚深刻甚奇妙，拥有了哲学光芒，无懈可击。所有的启航都有返航，所有的振翅都有敛翅，所有的清醒都有入睡，所有的白天都有暗夜，所以，所有的起点都是终点，生命如此，文字亦如此。

属风筝的字，在天空飘了好久，好久。此时，油菜花里的爸爸，掐灭了烟头，拍了一下我的肩膀，"儿子，走，咱们回家吃饭了！"

这个时候，天很蓝，云很白。

身旁的土地，依旧黝黑。

我在写作前

我在写作前，会先洗一个头，让雪白的泡沫在发梢上跳舞，然后温柔细致地按摩发根下的每一寸皮肤，让沸腾的血液流向四肢百骸，让脑皮层下面的细胞开始呈现活活泼泼的姿态，当清流冲刷干净泡沫时，整个人神清气爽，内外俱新。

我在写作前，喜欢用精致的玻璃杯给自己冲泡一杯暖暖的热茶——或投放几朵干燥的玫瑰，或轻撒几枚小巧的茉莉，浇上开水，看它们在杯心自然舒展，绽开成一朵又一朵或嫣红或洁白的花，散释出一缕又一缕清甜芳馨的淡雅。

我在写作前，会寻一张洁净的台几，台几上一定会盛放着一束新鲜的瓶花——或是安谧恬静的百合，或是热情朴素的桔梗，或是星星吐蕊的勿忘我，或是浓淡相宜的紫罗兰，光影疏离，幽芬四溢，取悦了眼睛，也安抚了心灵。

我在写作前，有时也会咀嚼一枚橘黄或草绿的口香糖，让木瓜抑或薄荷的清新渗入心脾，澄澈思绪，然后随波澜起伏的灵感一起，在经纬交错的脉络中，安安静静地流淌。

我在写作前，会点亮一盏灯，照亮一扇窗——帘外，是悄无声息物换星移汩汩而过的岁月；窗内，是时光驻足纤尘无瑕温婉沉淀的从前。帘外，或有月光，或有蟋蟀，或有小雨；窗内，只有我和我的心事，只有我和我的文字，安定缓慢地成长。

铺开素笺，拧开笔帽，怀着敬畏，蘸着谦卑，我极慎重地，为你写下一笔又一笔绢墨沉笃、云淡风轻的文字；又极细致地，向你倾吐那些遗落在岁月一隅的蓬勃鲜亮的欢乐和擦肩而过的忧伤。

夜色渐浓，文思渐长。

我的思绪，从干净的发梢干净的眼光中流淌出来，从温醇的木瓜抑或草叶的薄荷中弥散开来，浅尝了玫瑰抑或茉莉的香茶，吻醒了百合抑或桔梗的瓶花，然后浩浩荡荡地游过灯光，拂过台几，穿过帘布，飞向夜空——仿佛一只黑色的精灵，拖着隐忍的脚步，唱着呓语的骊歌，在天地间踯躅地寻找，寻找那些无法窥伺的未来和无法挽留的从前。

只是，当黎明快要到来的时候，我的思绪开始枯竭。那只黑色的忧伤的精灵，那只孤单的疲惫的精灵，那只注定无法逃匿无法躲藏的精灵，于惶惑中惊悚，于惊悚中绝望，最终含着泪，悲愤地，将自己点燃。躯体不停地下坠，魂魄不断地飞升，一边凄然堕入无边的漆黑的深渊，一边欣然走向初升的新生的太阳。

于是，黎明前的夜空，曾经划过一颗美丽的流星；

于是，黎明前的窗棂，曾经守望过一双迎接朝阳的眼睛。

黎明。黎明终于到来。

发梢开始干涩，眼光开始疲惫，茶色开始混浊，花香开始黯淡。我收藏起所有轻盈华丽的霓裳，回归平凡。我又开始一整天紧张烦琐的忙碌，又开始一整天坚忍执着的拼闯。只是，在某个步履匆匆往返奔波的时刻，在经过一池湖水、一坛花木的时刻，在停下脚步轻撷落叶残红的时刻，我的心才会变得温暖，变得柔软，我才会突然怀念那一夜的灯火、那一夜的月光；才会突然遥想那一夜的茶色、那一夜的花香……

会写文章的土地

我一直觉得,这是一片会写文章的土地。

它在孕育生机的同时,也孕育五光十色的四季。我的那些或浓烈或朴素或纯真的情绪,总随它流转抑或轮回,不管阴霾还是晴朗,不管贫瘠还是膏腴,总有小小的修辞在眼睛里绽放,总有大大的语法在脚底下凝聚。是的,这片土地并不缺少美,而是缺少发现美的眼睛。

春天,它谱写出柔嫩的散文,如娉婷洗浣;夏天,它酣畅出热烈的诗歌,如小流点绛;秋天,它耕耘出厚重的戏曲,如羽衣霓裳;冬天,它孕育出跌宕的小说,如草莽白洋。

喜欢聚焦春天的油菜,因为晴光纸鸢;喜欢品尝夏天的水果,因为晚霁浮甘;喜欢收藏秋天的落叶,因为长河孤鹜;喜欢思索冬天的土壤,因为落红眷香。喜欢一朵向日葵的秘密,看她始终朝向苍穹微笑的脸;喜欢一列火车迎我而来,熙攘南来北往的故事,驱向不知处的远方;喜欢一块溪石的花纹,看那些调皮任性的脉络自由舒展,定格成自己想要的时光。

这个时候,我是沉默的,如鲲,悠游北溟;也是桀骜的,如鹏,以怒垂天。我常常觉得,人生的轨迹不过如此,简单如当下,不过只是一朵花的仰望,一列车的奔跑,一块石的猜想。

伫立在广袤的旷野里,浩如烟海的渺小,有如宇宙的纤尘,随波逐流,随遇而安。文章瓜熟蒂落,凡世掠影浮光,我们的心呢?我们的境呢?可不可以,信手拈来白居易的红泥小火炉,醅酒脱寒？可不可以，望穿秋水陆游的农家浑腊酒，简朴衣冠？最终，这片多情多趣的土地啊，足以摘一枚辣椒凤蝶浅翔，采一束蕹菜煮雨洪荒，挖一串土豆渔舟唱晚。

一路走来，且行且歌。

聆听过土壤生长的窃窃私语；追逐过河流翻跹的波光涟漪；深嗅过彩蝶恋花的轻柔呼吸；驻足过景天谈雨的千年佛偈。

我看到瓦檐，瓦檐上有青苔，青苔上有蛛丝，蛛丝上有筌篌，筌篌上有守望，守望上有岁月。

我看到波斯菊，波斯菊上有蝴蝶，蝴蝶上有庄周，庄周上有脉搏，脉搏上有乾坤，乾坤上有传承。

这个世界并不缺少美，而是缺少发现美的眼睛；这片土地并不缺少文章，而是缺少运筹文章的笔。

夜　读

怀　念

深夜，卧床。

捧着自己喜欢的散文，含着微笑，蹙着忧伤，细细地品读，久久地怀想……

我是那么喜欢那些文字，没有深邃，没有杂质，纯粹得就像溪石旁的小花，一任溪水哗啦啦流过，朴实无华中，自顾舒展着花叶，也舒展着明亮饱满的青春。或有清凉无瑕的寂寞，或有冷凝淡定的思考，只任岁月哗啦啦流过，自顾自地吐露着馨馨柔柔的芬芳。

我是那么喜欢那些文字，没有扰攘，没有喧嚣，年轻得就像划破蓝空的鸽哨，以轻盈迅疾的姿态，自顾在苍蓝的天壁中畅翱。或优雅地翩跹，或惬意地俯瞰，就在晨曦将明未明或迟暮将尽未尽的天边，自顾穿梭出一串又一串桀骜不羁的奔跑。

常常，我会坐在有月光的窗前，怀着一颗柔腻也细致的心，用一种近乎虔诚和谦卑的姿态，小心翼翼地写下某些文字，也写下那些逐渐斑驳、逐渐褪色的青春。

我是个喜欢怀旧的孩子，常常不可遏制地怀念过去——怀念那一阵因某个人而漾开的微笑的风，怀念那一场因某个人而洒落的清冷的雨。我的怀念常常夹着树叶，在风中起舞，浩浩荡荡、潇潇洒洒地走过，那些属于我的安静的放肆的青春——

温暖、明亮、孤独，也悲伤。

我是那么喜欢那些文字，读着，总让人无端地心疼。透过那些自由飞翔的文字，我仿佛看见，那个踽踽独行的我，总是孑立在河岸的那一头，怀揣着慎重而又迷惘的心事，看夕阳拉长了的暗淡的影子，无端地，泪落如雨。

我是那么那么喜欢那些文字，或许我喜欢的原本不是那些文字，而是从文字中流淌出来的似曾相识的凄惶与落寞，还有那些被时光逐渐湮没了的谦逊的孤单、羞涩的温婉，以及那袭天地间清癯千年四顾流浪的魂魄。

秋 雨

十一月，秋尽冬来。

这个夜晚忽然下起了雨，就在闭合的书页和空蒙的记忆里，突然，一并下起了雨。

常常，固执地眷恋着雨，一任那些天外飞水从檐角兀自落下，濯湿了土地，也沉寂了一颗喜欢听雨看雨的心。

我仿佛看见，年轻时候的我，从单薄的秋天走来，由远而近，穿过萧萧落叶的紫荆，穿过寂寂沉睡的木棉，穿过时隐时现的来自远古的悲欢和无常。

我是那么喜欢那些文字，那些忧伤而清澈的文字，那些华丽而朴素的文字，那些镶嵌在季节深处，始终不离不弃不眠不休的文字——

那些文字时而肆虐在大漠，缥缈成沙尘暴后苍茫哀怨的孤烟；时而皎洁在月夜，绽放成玉兰树前轻绢淡墨的叹惋；时而晴朗在碧空，翻飞成流翳层上载歌载舞的云燕；时而摇橹在扁舟，欸乃成烟波江上千古不绝的骊歌。

仰　望

那些文字，让我看到了真实的自己。

朋友们都说我快乐，甚至能帮我说出大把大把快乐的理由，可是，在我平静如水的笑容背后，在我热情如火的邀约背后，仍然窥伺着流淌着许多无法命定的舛错和无法解释的悲伤，仍然蜷缩着聚合着许多无法逃避的阴霾和无法驱散的迷惘。

某一个时刻，我会突然安静下来，为一抹疮痍的眼神和离去的背影而心疼，为树木疯狂地落叶而呆怔；某一个时刻，因为夜幕降临流连街头会突然忘记来时的路，因为人头攒动霓虹闪烁会突然想起家里的灯。

常常，站在高高的人行天桥上仰望摩天大厦，细数那一层一层精致的高度和那一扇一扇温暖的窗户，数着数着，无端地落泪。

常常，站在临街的窗前，俯瞰每一个视野所及的路口和路面上穿梭不息的车流，看着看着，一种疼痛一种窒息就开始肆无忌惮地蔓延，漫过眼眶，漫过窗户，漫过高楼，漫过岁月，毫无准备地，直抵那些芬芳过也黯淡过的往事脉脉流淌，熠熠闪亮；丝丝剥茧，盈盈散香。

流　光

深夜，卧床。

翻开寂寞的书页，也翻开了属于我的纠纠缠缠的记忆、斑斑驳驳的流光、深深浅浅的哀愁和细细密密的信仰。

闲云潭影日悠悠，物换星移几度秋。

日升月落，晨钟暮鼓，叶落无语，花开无声。突然想起一句话："那些原本想要费尽心机忘掉的事情，原来真的就那么忘了……"那些原本铭刻在生命中难以磨灭的人，原来真的可以就那么忘了，忘得云淡风轻，忘得无波无澜。

沮丧，惊诧，困惑，还是浓浓的悲哀？

累了，就该睡了。只是，当我醒来的时候，能否看见新鲜的晨光、听见清悦的鸟语？

抑或，借用书中的一句话：

一恍神，一刹那，我们就这么垂垂老去……

告别昨日

好久没写东西了，该写点什么呢？写一写阴霾的天空，写一写忙碌的人群；写一写昨天的欢笑，写一写今天的憧憬；写一写美人蕉的眺望，写一写龟背竹的安静；写一写焦灼的青春，写一写远走的背影；抑或写一写，那些从朱自清散文里偷偷溜走的光阴。

真的好久好久没写东西了，该写点什么呢？写一朵生命的感悟，一个热切的眼神，或者，是那些从点点滴滴生活浪花里飞翔出的小小的感动。我一直都是一个幸福的孩子呀，虽然，偶尔也会在泪水里四顾纷飞，也会在白百合的故事里安静沉睡，但我是快乐和知足的，因为，生命的每一道转折，每一个激流汹涌的时刻，每一次山重水复的迷途，总有一个人陪在身边，听我说说话，和我看看雨，陪我走走路。

这些日子发生了很多故事，故事中有我有你，有悲有喜，有蹇舛颠簸的时辰，也有一帆风顺的佳期。我不可免俗地，在充满怀念、充满祈祷的日子里，细数着自己琐碎的微笑、疲惫的脚步和卑微的叹息。

如今，沉淀很久亦沸腾很久的心事，仿佛都和生命的思考及彻悟有关，那是一场无可奈何的花事，也是一种节节败退的青春。

如今，我们都已成为彼此的流年，而在他年细水长流的故事里，我也将安静如初，如同，你我今生不曾遇见……

月亮亮了

月亮亮了的时候，月饼也正香，我把一瓣洗净的康乃馨扔进酒杯，期望生活，活色生香。这个时候，门外的亲戚，正给螃蟹解绑，它们吐泡沫的嗞嗞声，在我听来，有些嘶哑，虽然可怜它们，但仍旧抵挡不住一枚俗人渴望美食的垂涎目光。

抬望眼，我的姊妹们又在"满庭花簇簇"的院子里修剪花木了，给它们喂水，跟它们聊天，真好！这些生物多样性的花朵，像极了羞涩的牡丹，不对，好像就是牡丹，在我们多情的眼睛里，蓄势待发，准备在来年，再次开出优雅华贵的模样。

我出门采风，眼睛四处逡巡，看着朴素的田野，以及田野里劳作的人们，突然泪流满面，他们祖祖辈辈地传承劳作，就算到了中秋的时间节点，还是要披星戴月，把日子耕耘成金灿灿的稻谷。

餐桌上，看着热气腾腾已经蒸熟的螃蟹，虽然有些小失落小不忍，但还是吃得开怀，因为蟹黄很黄，蟹肉很甜，蘸着醋和酱油，饕餮成那个不谙世事的少年。这是其乐融融的温暖，其实，这也是一个平凡的作者对于生活对于人间烟火的渴望。

吃完饭，喝完酒，已入夜。满天繁星点点，恰似无限柔情的美梦，让人如痴如醉，如诗如幻。我在月色星光下真的醉了，纵兴抒怀，唱一曲《月朦胧鸟朦胧》，兴许，当年骄傲的李白，依旧是"仰天大笑出门去，我辈岂是蓬蒿人"的模样！

突然，想起了远方的龙泉，"桃花才骨朵，人心已乱开"，不知道我最最心疼的小姐姐还好吗？斗南盛开的花花，是否可以带给她微笑，是否可以融化她心里的沟沟坎坎，浪漫的花语，随着快递网络的千丝丝万线线，实现了朵朵芬芳的迁徙，哦，看着那些奔向天府的花儿，让我突然想起了曾经写过的《迁徙的雨》，迁徙的雨，迁徙的花，一定拥有值得守候值得珍惜的时光，就像蓝天下的茑萝，就像阳光下的五谷杂粮，就像我们"心有灵犀一点通"和"天涯若比邻"的四海八荒，早已盛开成微笑的模样，嗯，"晓看红湿处，花重锦官城"，迁徙，也是另一种勇敢的绽放。

　　月亮亮了，敲醒露台，一瞬间，我想起小时候，奶奶常给我唱的儿歌"月亮粑粑打凉台，要吃肉么买酒来"，想起去世多年的奶奶，她的慈祥，犹在眼前，看着月亮，我真的好想好想奶奶，如果，她能够见证今天的幸福，看见今晚的月亮，该是一件多么完美的事情啊！我是挂在奶奶心头的小肉肉，是她一生一世的疼爱，我找不到任何美好的词语来形容此时此刻的心情，只好，用歌谣和白酒麻醉自己，让自己再一次，成为"卖火柴的小男孩"，在灶火的泪光里，在奶奶为我摘的土三七绿叶里，弹起那把心爱的土琵琶，医治好，我自小一度发作的腮腺炎，腮帮好了，脖子好了，我再次清朗，再度明亮，我可以愉快地吃着腊肉和月饼，思念着亲人和故乡。所有美丽的晚风和天籁，都愿意跟我跳舞，陪我歌唱，哈，也许，我就是那只等待千年的白狐，等待一段刻骨铭心的遇见。

　　天亮了，我从微醺中醒来，看见村庄里诸多信手拈来的幸福光景，然后联想到万溪冲的传说，假如，种植宝珠梨的万亩土壤不变，假如，看护宝珠梨的气候不变，是不是，我们依旧可以品尝到，宝珠和尚亲手嫁接的清甜。

再一次,月亮亮了,手机醒了。我在手机里码字,我在微醺里突然脑洞大开,我在微醺里突然奇思妙想。我是军队大院长大的孩子,心里,一直热爱着诞生共产党的那艘浙江嘉兴南湖上的红船,我和爸爸唱红歌,我和爸爸大口嚼着亲戚种的红石榴,然后跟爸爸探讨着习近平总书记反复强调的民族团结,"像爱护自己的眼睛一样爱护民族团结,像珍视自己的生命一样珍视民族团结,像石榴籽那样紧紧抱在一起"。这个时候,我看见父亲,脸上写满感恩和信仰,因为共产党给了我们幸福的生活,还有,属于我的诗和远方。

月亮亮了,月饼当然很香甜,我和爸爸愉快地聊着往事,那种快乐和明媚,就像我们重新回到香格里拉一样,那里的千湖山,那里的杜鹃林,那里吹起的风,和接待我们的康巴汉子一样热情亦雄壮。我和爸爸喝着亲戚酿的清酒,就像我们在香格里拉品尝的青稞和糌粑一样,优柔亦粗犷。我突然想起龙泉姐姐遗落在里拉的半个梦,或许,我的半个梦也落在了里拉,跟姐姐的梦相遇,成全了,一生一世的约定,九拱桥的茉莉,还有那尾善良的小鱼。

今夜,我真的醉了。

眼睛醉了,嘴巴醉了,脚步醉了,歌声醉了,醉成故乡的山神树,醉成那篇还没有完成的《故乡的云》,今夜,我真的想故乡了,想念游走城市的那尾小鱼,想念阳光下的那个村庄。

月亮亮了,思念念了,花香香了,傻笑笑了……

渔浦星灯

　　昆明主城东南方向，环湖东路边，坐落着一片古老的村庄——呈贡乌龙村，古称"乌龙浦"。浦，在汉语中是水边或河流入海的地区，然而这"浦"却还有另一层含义，村里上岁数的老人们会说，这"浦"是"堡（pù）"的同音异义字，至今已有600多年历史。

　　在村子深深处，"藏"着250多幢连片的清代、民国建筑，多为"一颗印"民居，同时，勤劳智慧的乌龙人亦创新了"四合五天井""走马转角楼""四马推车""三合院""卷山草顶房"等特色土木结构。当下，作为被挂牌的"文物保护单位"，老建筑群的主体保存基本完好，这些极具年代感、故事感的斑驳印象，传承着本土一代又一代的历史风貌和文化脉络，而属于"呈贡老八景"之一的"渔浦星灯"盛景就诞生于此，时至今日，它继续以接地气、织憧憬的形态鲜活于柴米油盐的寻常日子，始终歌唱着滇池岸边是家乡的幸福美好生活。

渔歌悠扬

　　欸乃山水绿，清滇燃云竹。

　　那幅风景，那幅绝美的农耕渔猎画卷，其实一直伫立在水边，待人采摘，一如千年前那个俯身的江南女子，娉婷兰舟，素手采莲。

　　乌龙渔村地处滇池岸边一个凹进去的海湾边上，"卧龙山"

常为村子挡住滇池水域吹来的风，能够让整个村庄安之若素，容貌慈祥，像极了坐在自家门口大娘，晒着日光，绣着围裙和鞋面。

古渔村恰似一枚神秘的符号，用它神奇的召唤力和"渔浦星灯"的诱惑力无数次，将我的眼光吸引，并幻化成漫天唯美的翅膀，在600年前浩瀚的滇池水面，划开一层一层粼光闪耀的波浪。

站在湖岸上，我仿佛看见，一位鹤发童颜的矍铄老翁，迎我撑筏而来，口含渔歌，悠扬水域，惊起无数鸥鹭——

> "滇池水，多宽广，我家住在湖岸上。
> 摇着船，去撒网，船儿满桨载着希望……"

那个时候，艳阳高照，山水流翠，调皮的风悄悄躲进芦苇荡，给水中仙们挠开痒痒。少顷，又有扁舟对向而来，热情的老翁用纯正的彝语跟赶海的乡邻唠起家常。

走在湖岸边，我常常遐思万千，一任丽影翻飞，一任渔歌飞越晴空，穿梭浪尖。怀想3万年前的龙潭山，究竟孕育了怎样的人文和风景？怀想600年前的滇湖面上，飘摇着怎样的水草，飞翔着怎样的飞鸟？怀想那些出海而作、歇海而归的牧鱼时光，究竟撒下多少张网、收获多少回鱼虾满仓，又豪情抒怀了多少次渔歌悠扬？

浦口眺望

山居宛卧龙，海近乃曰浦。

一句诗，行走至今，依然痕迹清晰，就像垂恩寺的石碑，镌刻着历史文脉的记忆，经历数百年风风雨雨，许多故事还在昨天演绎和继续。一个叫做朱侯源的少年，一路走来，甚至走在更为久远的时光里，跟繁衍生息的先辈们一样，跟曾经居住在"乌龙浦"的渔民一样，跟今天的我一样，站在滇池东岸，就那样痴痴傻傻地眺望滇池，感念故土乡情；抑或浪遏飞舟，祈祷风调雨顺，打捞着祖祖辈辈的幸福万年长。

当年迈的朱侯源站在老村东头的河道边上，一段安安静静的时光仿佛又东流至此回，物换星移的流光碎影间，还是从前那个热闹繁华的渔村，就那样清清甜甜地在眼前展现。据说几十年前，乌龙周边的村民喜欢乘坐一种十多米长、两三米宽的小船，从西山脚下抑或古滇码头晃晃悠悠抵达乌龙渔村售卖各种家用食货，然后顺便购买一些乌龙鱼回去。当初的乌龙孩子，已然在岁月的磨砺中沧桑，只是每当回顾往事，原本浑浊的眼睛也会泛开童年的色彩。在那些个泛舟滇湖、渔货交易的年代，他们也会随年轻的父母乘船去昆明周边贩卖一些民生的琐碎日常：有时候是一篓子腌鱼，有时候是几坛咸菜，有时候是五光十色的刺绣，有时候是自家制作的豌豆粉和豆腐。如果遇到天色太晚，就近找一家旅舍投宿，次日可以继续接着售卖，直到货物卖完才心满意足归家。

秋声晚来急，叶舟独自横。

站在浦口，一个眺望成就了一幅乌龙渔村的"清明上河图"。岸上湖上，客似云来，渔船如织，炊烟袅袅，吆喝叫卖，车水马龙，摩肩接踵，邂逅甚欢。活蹦乱跳的渔村光景，复苏一部历史、一种文化、一抔来自滇水的鲜香。

星汉灿烂

微微风簇浪，散作满河星。

也许，只在月色星光下，那幅古老的风景才会变得极精致极安谧极梦幻极美丽。白日明媚的劳作，因为梦想花开渔歌悠扬而充实饱满；待夜幕徐徐降临，一艘艘渔船温柔、多情亦诚信、善良。船头的红灯笼照亮了妇女们头顶上的"阴丹蓝"帕子，她们时常穿着大襟衣、系着花围腰，手里操忙着各种活计，笑得皱纹深深。头帕的微笑，壮汉的酒歌、商贾的买卖，以及洒脱不羁的对手交易，沸腾了幽蓝的水域，有时候，会惊醒一只未眠的鱼或刚刚入睡的水鸟，吓得它们仓皇躲窜。

据说，就在清代和民国时期，那些白天乘船而来的商贩常常在乌龙浦靠岸。晚风习习，码头的船只开始生火做饭，一盏盏挂在船头四周的灯笼或走马灯，不声不响，不眠不休，安静地庇佑着如此自然和谐的光景。入夜，渔船灯火与天空星月交相辉映，成就了数百年佳话"渔浦星灯"的传奇。

夜色晴朗，星星眨眼。水面的一幅幅倒影，被轻轻划开的涟漪碎化成银河，就着白月光、红灯笼，醉成一串串祝福，一支支酒曲，就像来自湖底的气泡泡，自由、轻盈也清亮，仿佛一条条不断尝试跳跃龙门的鲤鱼，争先恐后，想要飞翔。

日月之行，若出其中；星汉灿烂，若出其里。

乌龙浦的渔歌很美很美，乌龙浦的故事很长很长。走在这个诞生过人类文明渔猎文明的古渔村，我们从来不曾忽视和忘却一个民族勤劳智慧和灿烂文化。古往今来，任由美丽的滇水兀自绽放着她的绮丽富足，任由眼睛和文字在纸面上自由飞翔，洋洋洒洒记录下古老的美食、美事和美景。

渔村文化异彩纷呈，直到今天，可以继续与时空对话，然后交相辉映出夕阳下的浪漫、夜色中的酣畅。

灯花醅觞

红炉煮新酒，闲棋落灯花。

在乌龙赶海，一直是住在心底如浪花般最活泼最浪漫的憧憬。只是，在我记忆中，那些为数不多的赶海经历，常常翻卷着一个关于韶华的遗憾，陪我一起慢慢成长，静静思量，最后定格成一幅岁月的清隽。

每次看到滇池水，眼圈都会微微泛红，总会氤氲出一丝"才下眉头，却上心头"的叹惋，不知为了悼念记忆里的那片海，还是告别记忆中的那个人；又或许，人和海原本就不可分割，海因人更添气势，人因海更添心事。只要回到乌龙浦，一切光景恍若从前。潮涨潮落，折折叠叠，就像每幅生命的故事，也在人生的各处转角，或柳暗花明，或山重水复，或玉门羌笛，或绿蚁红炉，乃至花开花谢，云卷云舒。

夜幕降临，华灯初上。

耳畔，开始回荡一些怀旧又深情的音乐。夜里忽然涨潮了，我的裤腿，被汹涌而至的浪头打湿，仅短短一瞬，晚风卷起海浪，将更多的遇见吞没。远远的光影里，隐隐有人走来，一步一踱，悄然徘徊。我仿佛看到从前的自己，因为年轻，固执偏强，热烈疯狂，恰似暗夜的火种，纵然奔跑，也直逼苍穹，在跋涉中燃烧，在燃烧中涅槃。

就着乌龙浦的白月光和不说话的星子，一口气，我喝干瓶中最后一滴酒，竟被呛出了眼泪，就像呛到了海水。从前那个单纯无忧的少年已然老去，只想陪着从前，沿着熟悉的足迹，独自赶海。

今夜晴好，身后，有月色星光洒落一地，无声无息，恰似那些缓慢走过的时光与安静飞翔的歌谣。

当下，微醺就好；当下，拾梦就好。

晚来天欲雪，能饮一杯无？

渔浦星灯，来，干杯！

尾 声

如今，滇池水浇灌出的这片肥沃土地，也在古老亦年轻的记忆里慢慢复苏并逐渐鲜活。文旅融合的"乌龙古渔村保护及生态治理项目"已经启动，每一瓦守望的青苔、每一面老旧的墙壁、每一扇镂空的雕琢、每一梁沉默的罅隙，甚至每一艘破败的古渔船、每一盏生锈的走马灯都将得到重生，重新书写"鱼米之乡"，重新点亮"渔浦星灯"。

历经数百年，"渔浦星灯"的故事仍在古渔村里继续美丽、馥郁……

万溪密码

风　行走在四季
吹过魂牵梦绕的万溪
大地的密码
是一脉人文感召传袭
熟悉的花果草木
就是
布满清愁的眼睛
始终眷恋着

那山那水　那笑那颦
恍惚一朵记忆
解读一乡柔情
把前生后世的思念融入泥土
安静咀嚼
明亮的憧憬
……

花语晴雪

万亩梨园，从万溪开始说起。

就是这样一个优雅的村庄，盛开在呈贡吴家营的半山腰上。

梨花是她的表情，梨子是她的孩子。

一束温情脉脉的眼光，咀嚼着不一样的四季。我从亘古的岁月走来，以一种微笑的模样，采撷着这片土地的多情和华丽。

一年之计在于春。

这个季节，是万溪最美的表情。每每三月，赏花人络绎不绝，一如千树万树缤纷的容颜。假如每一朵梨花都是一张笑脸的话，那么每一张笑脸也都是一朵梨花。

人们雀跃着、行走着，也安静着。或长"枪"短"炮"聚焦丰姿，或附庸风雅古典穿行，或焚香弄茶、花下抚琴，或奋笔疾书、浅斟低吟。无论如何，这样一场明媚浪漫的花事，总是让人欢喜的。这些白白净净的花，一树一树，点缀着这座新兴城市的繁华。

春天，我带家人踏青万溪冲，每每走过她们，我总会抬起头，在纤纤柔柔的花叶间，在细细碎碎的花影里，寻找前世遗忘的梦。我常常想，前世，我必是一个种花人吧，否则今生为何那么钟爱花？那么固执地痴迷她、懂她、惜她。每每抬头凝望时，心里也总是蹁跹着莫名的感动，说不清，道不明，仿佛每一朵花蕊间都躲藏着眺望着一缕花魂，夜夜吟唱着一首来自古老河岸的歌，那么熟悉，那么摄魄，那么牵念。

这个时候，我的小孩也会扬起粉嫩的小脸，兴奋地大喊："哇，真的好美哦！这难道是天上的云掉下来了吗？这是在春天盛开的雪花吗？"

风过，吹开一地的白、一地的怜，唤醒清亮的梦、清亮的眼。孩子扬起春风的面，世界绽开柔柔的甜。一头是粉雕的脸，一头是玉琢的颜；一头是苏醒的懵懂，一头是舒展的翩跹。只一刹那，我从季节的流转中读懂了浪漫的流丽，从孩子的眼睛里看到了萌芽的神奇。一抹清澈的瞳花，一朵洁白的童话，一眸微笑的瞳花，一树缤纷的童话，所有芬芳的歌谣、温暖的想象，所有稚嫩的欢喜、单纯的盼望，都在风中，都在梦里，定格成一串一串一瓣一瓣晶莹剔透的记忆。

纷纷扬扬的，是诗、是季节、是花瓣雨；轻轻柔柔的，是唇、是呢喃、是小夜曲；潇潇洒洒的，是风、是羌笛、是玉门居；缠缠绵绵的，是梦、是怀念、是梨园戏。

万溪无语，粉雕玉琢的颜色却装扮着这个春天。

就在梨花缤纷的季节，关于呈贡万溪的消息，宛如一缕清风，吹皱一湖春水，扬起了漫天鸟语花香，四面飘飞。

春天的眼光总是多情和柔软的，有对梨花的倾听，有对梨花的写意，有走进梨花的温婉，也有风过花落的遗憾。万溪的梨花，就像一幅画，一首诗，灵动了这片美丽的土地，让那些慕名而至的初初遇见的心，也能萌出星星柔柔的感动。这些物华天宝的美丽精灵，不管是迟暮阑珊还是浅唱低吟，不管是盛极一时还是香消玉殒，不管是淡写轻描还是浓墨重彩，在我看来都是极美妙的诗、极雅丽的画。这些驰骋飞扬的笔墨，让人纵情诵之，婉转歌之，沉笃思之，唏嘘叹之，就在晶莹的花叶里，就在馥郁的字句中，晓山之青翠，湖之涟漪，风物之隽永，一种情愫开始跌宕起伏，直至欢快地奔跑。我是如此挚爱着这片热土，更深深眷念着生活在这片土地上的父老乡亲，我的眼睛和文字常常因为这片土地变得炽热和柔软。

一管箫声出生尘梦，梨花作盏饮清风。吟唱的芳曲，让我看见时间的鳞片纷纷，一骑红尘，超越寒冷，迎接春风。梨花如雪，缤纷若梦，采一树蜂飞蝶舞的翩跹，绘成山长水阔的风景，这是对梨花的依恋，更是对家乡的向往。

万溪无语，粉雕玉琢的颜色却装扮着我的记忆。

时光煮雨

走进夏天，呈贡万溪已经苍翠得无与伦比。茂盛的梨园，野花缠绕的山径，带着泥土清新的风，风中传来的鸟语。一幅一幅路过的风景，被一树一树生机盎然的绿色点缀成了每个人的青春与向往，澎湃成每颗心的欢愉和呐喊。

万溪的夏是明亮的夏，热情的夏，也是潮湿的夏。夏天的雨说来就来，那样一场酣畅淋漓的天外飞水，将这个绿色的村庄浇灌出了一派鲜亮，也将这个关于绿色的故事讲述得分外妖娆。而夏天的雨，总是微笑在密密深深的梨林中，盛开在层层叠叠的梨叶上，润泽在丰丰腴腴的梨田里。

雨来了，通往学堂的村道上，常常开满了伞花。那些雀儿一般叽叽喳喳的学童，顶着一把把精致的小伞，穿过一片片梨园，这个时候，梨园仿佛回到春天——树下，是一朵朵活泼攒动的"花"；伞下，是一张张生动朝气的脸。风过梨园，那些被叶子护佑着的如同婴儿般青涩的小果实，就开始兴奋地晃动小脑袋，仿佛，还在寻味着孩子们跑远了的歌声和笑声。

万溪的雨是爽朗俏皮的雨，就像孩子的表情。每一片梨叶上的清澈、滚动和泫落，似乎夹杂着孩子们的无忧无虑，声音随雨滴渗进泥土，砸出小小的泥漩涡，也砸出一个关于爱的"随风潜入夜，润物细无声"的故事。

万溪的雨是温柔矜持的雨，像极了奶奶的蓝头巾。每每下雨的时刻，奶奶喜欢坐在落雨的门槛下，手拢着一个竹篾编制的装纳盒，仔细地穿针引线，缝纳着五光十色的布壳子。那个时候，温婉的细节就在雨里飘飞，那个时候，饱经岁月的目光穿过针鼻、透过针尖，安之若素地绣成一只只美轮美奂的绣花鞋。这些夺目行走的艺术品，用古朴的方法缝制，上色考究，爪钻精选，自然摔花，一段绣花鞋的故事就这样诞生，流动的色彩，智慧的创意，将手工之美、舒适享受融为一体，让人看了爱不释手，竟不舍得穿在脚下，只愿放置雅居一隅，成为一种赏心悦目的非物质文化。雨细细密密地下着，奶奶轻轻柔柔地缝着，慈祥微笑的脸总会漾开一朵温婉的云霞。

万溪的雨是厚重沉淀的雨，恰似安静矗立百年的"回龙寺"，相传因溪流从寺前迂回流过，恰似蛟龙回游，故名"回龙寺"。偶然来到寺中，安静地移步逶巡，认真阅读每一符雕刻的花纹以及纹理中蕴含着的深邃历史。那个时候，我总在袅袅飞升的幡雾中，在寂寂散释的清香里，听到了岁月叩响门闩的脚步，以及脉络分明由远及近的跫音。斑驳的历史，云烟一般的故事，总是披着顶礼膜拜的佛袍，蹒跚着步子，认真端凝那山、那村、那檐、那柱、那钟、那碑。

万溪的雨是幸福、吉祥的雨。这个滋润着物华天宝的精灵，从村口以各色绿植巧设的"幸福万溪"四个大字开始，渐次惠顾万亩梨园，最后在潮湿的微濛里，勾勒出一片又一片古色古香的光景。一刹那，仿佛时光逆流，万亩梨园环绕其中，每一眸建筑的风格、色调，每一个院落的朴素、别致，每一墙民间绘画的浪漫、生动，都随雨声雨景幻化成一种"穿越"的错觉，都随"宝珠梨的传说"走进明朝，走进大理国，走近宝珠和尚，试图见证"宝珠梨"的诞生。思绪驰骋的当下，收获了满眼的惊喜，满心的感动，满怀的畅想和憧憬。在万溪古梨村，梨农的幸福，总是如此简单满足，颠簸在牛车上、修剪在梨枝间、飘飞在炊烟里、浸透在梨膏中，更实惠在美丽乡村的扶持政策里。

万溪的雨是勤劳善良的雨，哪怕雨天，梨农们也会披着蓑衣或者雨布荷锄劳作，每一户人家，都乐此不疲其乐融融经营着呵护着自己的梨园。家家户户的墙角都会堆满了各种各样果蔬，金黄翠绿酡红一片，瞧着也让人艳羡。如果此时你撑着伞或骑车经过农户的家门前，你的耳畔，总会冷不丁飘来一句热情地问话："嗨，这位老乡，到家里避避雨吧，天晴再走。"此刻，万溪山水烟雨蒙蒙，你的眼角内心同样也会烟雨蒙蒙。澄澈的雨和古朴的民风，已经置入了你的记忆——我来过，你记得吗？你送过，我记得。

我们曾在居室内把盏邀雨，你听雨打芭蕉，我行酒煮词牌。那个时候，一种默契的地久天长和一种坦荡的推心置腹，就从古老的从前走来，就从咫尺的梨园走来，从此，我们喜欢听雨，因雨觅得一方璧缘。

时间煮雨，也许煮的就是这样的记忆，这样的因缘，这样的不离不弃和一生足以相牵相守的心灵。

宝珠的猜想

这个秋天，我如约而来。

金灿灿的万溪，忙碌了一辙牛车，活跃了一个村庄，聚焦了一树繁华，圆润了一轮果香，并跟随悠悠的晨钟暮鼓，缠绕在山明水秀的梦里，欣欣然流淌着清甜。

这是怎样一个丰硕的故事？只等你来，细细品尝。

万溪故土客云来，梨园处处飘馨香。走进秋天，自然而然，就走进了熟透的梨园，走进了一幅硕果累累的金秋画卷。目之所及，是一株株密匝匝、绿油油的梨树，是一枚枚或挂枝头或躲叶后的黄灿灿、沉甸甸的梨子，是一廥廥脆生生、质朴朴的笑容，是一道道或忙碌或安静的明晃晃、清爽爽的风景。

走进梨园，泥土的芳醇、水果的甜香扑面而来，继而，就有舒缓的陶醉、优雅的惬意弥漫开去，似乎被什么东西拨动了心弦，只一瞬间，心事变得安静、变得澄澈、变得柔软。那些单纯明朗的欣喜、清凉稚嫩的快乐、朴素委婉的感动，就那样鲜灵灵地萌发出来，荡涤着满腔洗尽铅华的情愫，也复苏了一段遥远纯真的记忆——记忆中的家门前，同样蓬勃了一株枝繁叶茂的梨树，每当秋天来临，那些大大小小、黄黄绿绿、纷纷扬扬的果实，就以铺天盖地的姿势，牵引了顽皮的眼光，愉悦着馋涎的味蕾，滋润出快乐的童年。

沿着梨园香径，径直向前，我微笑着去欣赏、去品味、去感悟、去解读——那些能够沉静躁郁安抚心灵激发情思的一树一枝一叶一果。舒展的枝蔓，饱满的秋实，始终释放着成熟，昭示着丰收。赏秋当下，高高低低的梨树，星星点点的梨果，浩浩荡荡的梨风，就在我眼前，辽阔成了一片璀璨夺目的梨空。

远离城市的喧嚣，采风古老的土地，脑海里尚停留着"忽如一夜春风来，千树万树梨花开"的馥郁和美丽，如今，却已收获"金谷风露凉，绿珠醉初醒"的丰硕和厚重。如果说梨花是一首首洁白美丽的小诗，是一阕阕婉约精致的小令，那么此刻密集耀眼的梨果、欣欣向荣的梨果，不正是一幅幅精绝曼妙的丹青？一支支流光溢彩的民谣？碧玉的华装，掩映成熟的分量；圆润的色泽，浸染玲珑的织锦。一树一娉婷，一叶一风情，一果一光阴，在万溪冲肥沃的土地上，宝珠梨，正以古典矜持婀娜端庄的风韵，正以返璞归真英姿飒爽的骄傲，正以潜移默化蓬勃鲜活的膏腴，生长出一脉繁华，描摹出一袭绚烂，芳华出一季葱茏。

近听，梨风在枝柯间嬉戏，秋蝉在绿荫里轻唱，随日光洒下斑驳的声响；远眺，梨冠排列成行，梨色由浓渐淡，呈现一派"万绿丛中点点黄"的热闹景象。满树的宝珠梨，恰似可爱的小精灵，在我眼前，兀自串联成跳跃的音符，点缀成喜庆的旋律，演绎成缤纷的梨歌。

或是风的游戏，或为雨的洗礼，每一株梨树下，赫然落满一地的黄。"零落成泥碾作尘，只有香如故"，细数那一层一层悲秋的颜色和那一只一只无力的浑圆，忽然惊诧于它的淡定，那许繁华世界沉淀岁月的淡定，那许穿越四季颐养丰硕的淡定。本以为它只是一枚普通的水果罢了，却没想到，它的名字，它的成长，原来也跟历史有关——相传数百年前，大理国高僧宝

31

珠和尚赴鄯阐城（今昆明）讲经，从大理带来雪梨树苗，经与呈贡优良梨种嫁接，成就一代名果，为纪念高僧，从此将该梨唤作"宝珠梨"。

梨树尽繁荣，甘醇泽万家。急风问叶走，寞影恸落霞。

我俯下身，触摸整个世界，整个世界突然安静下来。我蹲在梨冢前，怀着极细致的悲悯和疼惜，用近乎虔诚和谦卑的动作，轻捧着、端凝着、抚摩着满地憔悴的梨身，也开始悼念那些属于它们的逐渐斑驳和褪色的青春。

我是那么心疼那些梨子，原本应该高高挂在树梢，却因了风雨，还未待采摘，就以轻盈迅疾的悲壮，告别了赖以生存的枝柯，自顾在辽阔的梨园中飞翔，悄无声息地，在晨曦将明未明或迟暮将尽未尽的时刻，将生命陨落成一隅又一隅无奈的苍凉，最后残败成一幕又一幕沉寂的梨殇。

都说"落红不是无情物，化作春泥更护花"，那么，是否"落梨最是滋养物，化作春泥更护家"？透过满地的果子，我仿佛看见，那些晶莹剔透、盘桓无止的梨魂，怀揣慎重又清甜的心事，始终环簇着梨园，守护着梨园。

或许，梨落也是为了来年的丰收吧。若此，倒也不算一件坏事，只是，硕梨繁落，总是容易牵动一双善感的眼睛和一颗纤柔的心。

日升月落，晨钟暮鼓，花开无声，叶落无语。

原来，所有的渴盼和等待，都只为一轮圆满又丰硕的金秋；原来，那些坚韧不拔的守望和微笑温婉的细腻，早已在风里、在雨里，在岁月的罅隙中茁壮成长，最后，被时光雕刻成了一串一串五光十色的记忆。

秋天，偶然邂逅梨园，望着一棵棵苍毅遒劲笃厚沉默的梨

树，望着一树树烈烈如织、灿灿似锦的果实，有风走过，有梦
走过。

无声，亦感动……

冬游万溪

我的眼眸，总被一幅一幅风景所吸引，所以每日每夜魂牵梦萦着那山、那水，那梨园、那人家。然后，在一个冬日，不顾一切地翻越千山万水，穿过那村庄、穿过那山路，去靠近一棵传说存世很久的梨树。

近距离触摸万溪的晨，妄图，看到初升的冬阳，沉睡的冬林，以及脱尽盛装后略显尴尬的梨枝。这个季节，没有开花结果的困扰，没有落叶归根的情结，这是属于一个冬天的精致。这个季节，满园百年的古树虬枝，任我驰骋，任我悲欢地凝望。

当我走进村庄，开始穿梭梨园小径的时候，倏然觉得眼前似有无数"雨尘"漫舞，正如在漏隙着光线的昏暗角落，我们可以看见悬浮在光晕中的尘粒子一样。那些"雨尘"不绝，轻轻松松就吻上我的脸、钻入我的袖，皮肤一阵紧致，心事开始蔓延。原来，万溪冬天的山岚也可以如此纷纷扬扬、潇潇洒洒。一如，开在春天的花。

走向岚雾氤氲的梨园深处，爬上草木低垂的高高梨坡，一任细细密密的雾露浥湿发、浸透裳。心情，也在一片凉凉的寻觅中变得愉悦和爽朗。

放眼眺望，山势起起伏伏，万亩梨林流动着缠绕着一团团浓淡相宜的白雾，像极了三月的梨花雪。游走的白雾，恰似一杯浓稠的卡布奇诺，自下而上暗腾出一股温热的芬芳；又似荡涤纷扰的云烟，潇洒来去，纤尘无绊，亦真亦幻，恍如仙境。

雾团簇着山，山更雄奇；林掩衬着雾，雾更神秘。梨枝穿雾，叶亦染墨，曲茎交错，形如鬼斧。偶有鸟鸣腾空，更为万亩梨园平添一丝生动和灵韵。或许，在这个韬光养晦的季节，万溪又开始酝酿一场关于晴雪的甜美记忆。

雾漫梨林，秀顾绰绰，好一幅山乡空蒙"雾"亦奇的画面。走在梨乡，走进起雾的梨山，踏冬的当下，竟强烈地感受到碧野先生笔下那种"凝脂似的感觉"。山岚潮润，泽被了天地万物所造就的美好愿景。

梨山石径斜，万溪幸福家。所有乌檐青壁，院落横墙，梨木圈舍，均被岚雾粉饰得棱角圆润，纹理隐现。柔软的白色间，隐约渗透出黑的瓦、青的墙、密的林、奇的枝，似山重水复的剪影，宛氤氲化淳的水粉，若绝致含蓄的词令，精蕴不显庐山，朦胧不失亮彩。

此刻，曙光乍现，天地骤亮，山岚渐淡，万物俱清。

我在一片冬天的草色里停了下来，停在前生后世的记忆里。身旁，就是一大片百年古梨，生长在一条乡路的两岸。此刻，寂静又寂寞的梨园，一个人影也没有，一朵缤纷也没有。所有入目的空、入目的景，都与灰白有关。这一刻，纵然我用上头脑里所有与"寂"相关的词汇，也不够形容梨园的静。然而，在这浩荡的寂静里，我又分明感知，梨园正暗自酝酿着来年的春天盛会。

轻轻踩在落叶里，发出清脆的声响，仿佛时间的拔节。

树下，那些属于秋天的层层叠叠的落叶，温暖着早已化作春泥的花魂。树下的落叶里，隐现着些许落梨，多数已经瘦成一枚枚焦黑的梨干，或已化作腐朽的一抔抔黑泥。

我从一棵棵古树下走过，轻轻抚摸一棵棵斑驳的树身。许多树身，已经空心，但它们仍顽强地活着，幸福地孕育着属于春天的奇迹，发百年的芽，开百年的花。我踮起脚尖，朝那空荡的树洞里张望，隐约看见宝珠和尚在坡上嫁接梨树的身影。

当我抬头，仰望古树虬枝布满渐渐明媚的天空，看到一片一直舍不得落下的叶子，染着时间不明的色彩，在微风中，轻轻摇曳。目光所及，忽与一枚不曾陨落的宝珠梨相逢，我的惊喜交集，无法藏匿。停在枝头一秋的甜，依旧陈酿着幸福的微光。梨不落，是在等我吗？这枝头，是我遗落的半个梦吗？

也许，这是命中注定的遇见。当我将那一枚甘洌的甜含在嘴里，仿佛含了整个饱满的秋，含了满园缤纷的春，在唇齿、在心间。

不落的秋甜，长在冬天的梨园，在欲说还休的深深草色里，守护着这个梦想花开的地方。而属于我的梦，四季流转的梦，终归圆满！

归梦如冬岚，悠悠绕故乡。

我一步三回头，凝望着正在与我渐行渐远的那山、那路、那水、那人，那转角处的云端，那云端上盛开的梨花雪和燃烧的宝珠传说。

或许，今生今世我都无法走出这片昆明人的"后花园"，在这个冬天，恰好成为我一个人专属的记忆。

万溪，是宝珠先人为后人所耕耘出的一枚精致的千年梦，任谁去到那棵开花结果的树下，都可能被圣境俘获。

从此一生，魂牵梦萦。

行走的花瓣

也许　长满风霜
也许　开满晴朗
我看见玉树临风的岁月　　野百合的呼唤
一朵朵任性的颜色　　　　芬芳两岸
涂满　行走海拔的阳光　　我在思念中泼墨
　　　　　　　　　　　　写下
　　　　　　　　　　　　隔山隔水的滚烫
　　　　　　　　　　　　……

调色板

这个春天如此华丽，纯粹得不似人间烟火。

风过，卷起一地的金黄，继而在地面上、水洼里、田埂间，形成一大幅一大幅抽象的图案，恰似排列和隐藏着大地的密码，让人思索关于生命的灿与残。就在卿卿我我的绿色植株上，在洋洋洒洒的生命印记里，这个活泼的春天，已然孕育出未来的希望。

我一直是个简单朴素的孩子，热爱生活的孩子，不甘委屈，只想为梦想活一次。跋涉多年，善良的脚步敬畏生命，谦卑的姿态膜拜生灵。我总想抓住季节的年轮，所以迫不及待地奔跑，跑过田野，跑过村庄，跑过河流，跑过记忆里那些五光十色的风景。

就在层层叠叠的鸟语花香中，乍然，遇见一树桃红，就那么娇艳又骄傲地闯进我的眼睛。桃花，另一个春天的使者，柔嫩的粉色，在热闹的主背景里竟如此娴雅、如此羞赧。星星点点的蓓蕾在枝条上悄悄探出了头，有的已经迫不及待舒展开笑容。这些燃烧的颜色，仿佛正呼唤未曾苏醒的兄弟姐妹，召唤蛰伏已久的歌唱，热情地诠释着万物生的呢喃。我仔细观察晨光中的蓓蕾，不停地用手机记录着生命的成长与绽放，那股柔韧的力量和火焰般聚结的光芒，渐次从向焰峰涌去，缀成一树涟漪，薪火相传，光耀无比。

继续向前，看到一大片蠢蠢欲动的樱花，她和桃花一样痴魅，并以更加凝脂厚妍的重瓣，装饰着窃窃私语的生机。樱花或许是桃花的妹妹，苏醒稍晚。婴儿般清纯的笑容并不明显，含蓄的枝条，矜持的模样。纵然如此，蓬蓬的精神足以征服蓝天的质疑，不需要太多告白，兀自秀逸出那袭自信和明媚，准备启动一幕一幕，最纯粹最亮丽的演出。

走在婉约又勤劳的田野，一堆草垛，一袋种子，一方瓦檐，一缕炊烟，一丘浮萍，一截木桩，一层山泉，一块长石，一座桥，一阵风，一柳絮，一飞燕，都会让人遐想联翩，哪怕一叶初初生长的莲茎，恰似散落在调色板中的小诗，清新雅致，如蝶奋翮。

我的脚步、我的眼光常常惊起一群水鸟，它们用足掌在河面上划出一道一道谜题。没有人告诉我这条河的源头在哪里，又将流向何方。但是我想，如此安泰的螳川水，灌溉田畴，膏沐乡民，造就两岸"柳市村村接，松灯点点明；家家倾蚁酒，夜夜烩鱼羹"，斯水如带，潆绕群山，惹人意欲木兰艭，浮将碧鸡色，在清丽的风光里纡回红尘，铅华洗尽。

这着实是一个华丽的春天。

春色蕴含生机，生机带来活力，活力绽放美好，美好创造奇迹。一幅幅织锦生香的油彩，流聚成了神奇的调色板，迷人、动人、怡人，亦诱人。

此刻，也许我所能做的，就是为这个春天记录下五彩斑斓的文字；也许我所能做的，就是为奔跑的生命涂鸦上五彩斑斓的心情。

生活就是调色板，情绪就是变幻莫测的颜料，我们只有常常扎染浣洗情绪，才能真正打造"人生无处不春天"的曼妙！

生命朝向

故人具鸡黍，邀我至田家。

绿树村边合，青山郭外斜。

——摘自 ［唐］ 孟浩然《过故人庄》

一首田园诗歌，为我铺开了一幅画面。

歇斯底里的"小满"之后，我找到梦想花开的地方——各种颜色的聚集、各种香甜的交流、各种瓜果的飘香，呈现另外一种生机勃勃的诱惑与奔跑。

仿佛，所有空前绝后的植被都呈现出可食的欲望——摘草莓、拔竹笋、采桑叶、掐灰条、探香椿、问桑葚、饮齿铁、嚼杨梅、望脆李……我就像一个饥渴的老饕，迫不及待地将各种绿色、黄色、红色、蓝色、紫色往口里塞，那些酸酸甜甜的滋味，满满地，解暑笑魇。

我曾经奔跑了一个春天，那是最美的芬芳。就在这个比知了还要快节奏的夏天，我闻到了榨油的芬芳，那是油菜花的归宿，人间烟火的味道。每一株黄色都有属于它的憧憬，每一朵成长都有属于它的歌谣，例如，一株旁逸斜出的合欢。

我曾经在油菜花田、麦田里，手绘了五光十色的调色盘。走到今天，走过季节，无数次踉跄之后，淘出了红楼梦，淘出了石头记，就着垂涎的香甜，饮出一幅"绿了芭蕉，红了樱桃"的风景。

芒种之后，所有万物都在勃勃争鲜，我看到了铺天盖地的炊烟，徐徐生长。黄色点燃了菜籽油的魅力，绿色点亮了万物生的相遇。

螳螂川，依旧汩汩地流淌着，仿佛和光阴无关，那种脚踏实地的碧绿抑或墨黑，在清澈的睫毛下，突然私语成了石头与天空的对话，踩踏成一件多余的衬衫和一双泥泞的拖鞋。石头写满花纹的呐喊，那是桃花笑春风的阑珊；天空写满梦想的指纹，那是莲叶催莲头的凭栏。

我走在石榴树下，看到火一样的颜色，倔强的生命，还原一朵"安能辨我是雄雌"的猜测，愉悦眼的也许是雌蕊，愉悦口的也许是雄巢。朋友告诉我，人的胃，会酸，会苦，但酸甜苦辣之后，总能在执着又倔强的生活中，找到属于自己的良宵与歌唱，一如棠梨花，一如棕榈花，一如核桃，一如石榴花。

春天是个调色盘，夏天是盒调味剂。

所有的香气凋谢了，季节却雕刻出不可遏制的盼望。没有千篇一律的追逐，没有迫不及待地窥探，春天的笔墨流向，夏天的甘泽绽放，都可以让人品尝，那些不顾一切的甘甜潺潺。

这个夏天很饱满，在我的世界之外，在村庄的石头之上，那些不停流淌着的，总是字字珠玑的诗行和没有苟且的梦想，她们正分分秒秒聆听，划过天空的翅膀。

我不知道，眼前的碧绿流向何方，不知道美丽蜀葵的生命朝向，不知道，被记忆强迫的终点，究竟是龙泉桃花坞，抑或是金台虎榜山……

油菜花里的爸爸

夕阳西下
我牵着童年回家
记忆泼洒一路
笑坏了爸爸 还有
池塘里的青蛙

——笔者按

这，分明就是我的童年。当然，也是爸爸的童年。

当我置身花海，那片金灿灿的颜色就是春天。我深嗅着遥远又咫尺、熟悉又盈眶的气息，只一刹那，昨天就在记忆里生根发芽，我仿佛回到幼年两岁的光景，追着蜜蜂，牵着青蛙，任无所顾忌的皮闹在油菜花田里冲杀，任毫不费力的眼神惊醒涂满颜料的油画，任踉踉跄跄的脚印在田间地头肆意涂鸦。有一刻，我被生气的小蜜蜂教训，霎时，生机勃勃的土地绽放出美丽可爱的泪花。

如流的光阴，随日光在花田里游走。那个从前喜欢露出白白亮亮乳牙的小小男生，那个喜欢牵着青蛙蹦蹦跳跳的小小男生，一转眼，长大了。

童颜不再，花香依旧。

40年前，爸爸妈妈很年轻，恰如《致橡树》中的橡树那般挺拔，然后，他们把年轻恩赐于我，鼓励我长大；然后，他们把年轻封存在老旧照片里，那些由黑白光影所编织出的花间腼腆，直到今天，依旧洋溢着春风拂面的微笑。那个时候，空气里时常飞翔着油菜花特有的馥郁，跟爸爸妈妈身上散发着的温和气息一样迷人。

40 年后，团簇的花香里逆行着爸爸和我，或者说，其实我和爸爸就是那缕逆行的香气，由远及近，从懵懂走进清晰，在铺天盖地的欢乐颂里，寻找着从前的简单无虑。这果真是命定物源的大手笔呀！惊天地泣鬼神的辽阔，正是慈悲的上帝汲绝美的油彩倾盆如瀑，才将世间万物浇灌得如此灿烂、如此恢宏。爸爸走在我的身边，也像个孩子似的，哼着有些岁数的小调，跟我一起寻找大自然的奥秘。

我的聚焦时常定格在爸爸的身上，他的笑容，他的背影，他寻找蝴蝶的片刻，他仰望飞鸟的瞬息。那个时候，爸爸也在油菜花的时光里逆行，表情应该还是当年凤山清水河边嬉戏的少年。那片燃烧的金黄，在时空交错、光影重叠的罅隙里，呐喊着信天游般的爽朗，牵引着爸爸的从前，迎着暖阳，一步一步，从稚幼走到伟岸走到蹒跚，再走到下一个油菜花开的春天。在那些个年轻到发躁的岁月，放学归家的爸爸，花香里窜累了，总会采撷一些多余的嫩茎，找片毛芋叶一裹，"噌噌噌"跑回家："妈，我采了一把油菜花！"那个时候，爸爸的小脸蛋红扑扑的，歪斜的帽檐和军绿色的书包上，挂着零星的花瓣。那个年代，爸爸最爱吃奶奶秘制的菜花水腌菜，清甜可口，唇齿生香，偶尔拢着新鲜的蜂蛹一起凉拌，色香味营养俱全，让人意犹未尽。那时的油菜花含蓄、淳朴，和栽种它们的农民们一般实在，一枝一叶总关情。

油菜花仿佛就是一座桥梁，联结着朝花夕拾的岁月。

　　只要回归花田，抚摩着金灿灿的颜色，我和爸爸就忘却了年龄，并随移动的脚步，一点点拾起天真无邪的笑容，拾起散落在清水河边的故事，找回从前那个喜欢光着脚丫在阳光下做梦的孩子。

　　那个孩子是我，那个孩子亦是爸爸。

　　爸爸在油菜花田里情不自禁地哼起了歌谣。浓浓的乡情，浑厚的乡音，仿佛是遥远边关吹来的风，带着泥土的芳醇。斜阳西沉，我为爸爸拍摄了一组照片——岁月的剪影在逆行的光芒中穿行，我看见逆行的光阴，看见爸爸的背影越走越细，最后蜕变成奶奶目光里最疼爱的孩子，欢天喜地雀跃在回家的路上。

　　家，就是爸爸的诗和远方。

　　来时的路，长满了铺天盖地的油菜花。许多年以后，我会突然想起，在那片光阴故事里自由逆行的金黄，其实还有一个古雅的名字，叫作——芸薹。

金色交响

清晨伊始
乍见金色的海浪
雾霭奏响大地的音符
迷路的小蜜蜂急吼吼地
敲醒花香

——笔者按

许多年以后，我会想，那一片摇曳多姿惹人心绪的金黄，着实与这场春天的疫情无关。

三月的第一个清晨，误打误撞地，闯入了安宁青龙一个叫作"李白"的村庄。豁然开朗的瞬间，我被彻底震撼了——在我视线里炫耀般夺目着的，竟是铺天盖地无边无际的金黄，和众多视频、照片里看到的云南罗平油菜花无二。

乳白色的雾霭在金黄色的故事中穿梭，宛如仙境，所有花叶上聚集着夜的珍珠，闪闪发亮，像星星。晨阳也在团团仙气中升腾，并不刺眼，一道道柔和的白光仿佛不忍打扰如此馨柔的画面，更愿听一听这些璀璨的生命物语。它并不急于收回造物主赐予大地的沙丽，只在轻丝薄绢的琴弦上，在凝脂般的众香裙裳间，镶嵌出一条条如锦鳞般游弋的金边。盛开在花朵上的雾露，晶莹剔透，活灵活现，像极了一颗颗活泼跳跃的音符，在广袤的海洋中，在氤氲流淌的五线谱上，弹奏出气势恢宏的金色交响。

我的激动惊喜和汹涌澎湃无以言表，竟傻傻地，或行走或奔跑或蹲踞，然后慌不择路手忙脚乱地用手机拼命地记录着每一叶翠绿上的清凉、每一朵灿烂中的温暖、每一缕香气里的微笑、每一抹色彩下的声响，以及由此情此景所配缀成的无与伦比的童话世界。

是的，这一刻我只想行走，只想奔跑，只想和她们相依相偎，从早晨走到午后，走到黄昏，走到夜里——如此周而复始，固执地，和她们无忧无虑成长，乃至生生不息。

油菜花生命力之顽强，田埂上、小溪边，哪怕独树一帜地绽放，始终那么耀眼、那么骄傲。她们如此夺目，如此与众不同，抱成团就是一片海一幅画，独厮守就是一阕词一盏诗，仰天笑而燃芳华，低眉酌而韵秀美。

我穿过一片一片金色的浪，抚过一株一株绮丽的梦，许是花的精灵有感于我的梦寐和痴迷，竟然在我的发梢、袖口、鞋面，甚至眉毛和手机上，留下一星一星婉约无瑕脉络分明的花瓣，这是她们爱的承诺吧——许诺我在一生一世有限的光阴里，留住属于她们活色生香的记忆，留住她们追逐春天的燃烧，也留住属于她们如泼墨般执着又热烈的歌唱。

天色愈加清澈，开始生动，开始蔚蓝。

低空有喜鹊飞过，衔着一枚小小树枝，迅速地，隐入杨树的华盖下，在属于她的秘密基地里忙碌着，为即将孕育的宝宝们建造一个温暖的家。

泼洒风景

人啊，有时候总会在生命的际遇里经历无数相似的画面，或驻足一池梅，或踟蹰一帘雨。那些猝不及防又匆匆流逝的青春，如金急雨一般，大片大片灿落在生命的每一幅眺望中。

有时候，我会陷入一种不可逆却又固执茫然的焦灼中，然后，用迟疑的文字点燃一幅又一幅或喜悦或悲伤的心事。

伫立在某个啁啾的清晨抑或慈祥的黄昏，总是遏制不住想要倾吐的欲望，可是，我常常抓不住主题，那些原本应该精妙绝伦的灵感稍纵即逝。我尴尬于自己跳跃的思维和慌不择路的文字，在流转的光阴季节里走走停停抑或跌跌撞撞。有时候纠结或躁郁在一个思维模式里，急吼吼地，找不到打开瓶颈的钥匙，找不到梳理逻辑的方法，找不到该用哪一个词句来极为精准地表达所有跋涉的眼泪、欢愉的歌唱。

出现这种情景的时候，我干脆把手稿一扔，蹲下来，聆听身旁的女儿，听她用生动又稚柔的语言，巧妙又恰到好处地装饰着在她看来如此美丽又神奇的万物生。

思维桎梏的时候，是该俯下身子跟孩子交流的时候了！跟女儿一起成长，也跟女儿一起学习，也向女儿讨教着如何将天真烂漫的色彩一股脑儿泼在每一幅准备启程的风景里，任它自在氤氲、扩散，最后定格成了抽象派的惊喜，充满视觉张力，充满独树一帜的意趣——

爸爸，奶奶做的面条把我的牙都给辣哭了！

爸爸，青蛙为什么只会冬眠而不能"夏眠"？

爸爸，我才不是臭美而是"香美"！

爸爸，花椒太麻了，就像有几只小蚂蚁在我舌头上散步！

爸爸，我快热成一只小笼包子了！

爸爸，原来白云是从烟囱里面冒出来的！

爸爸，我就是白白胖胖的喜欢黏人的小年糕！

爸爸，你看藕里面全部都是蜘蛛丝！

爸爸，这杯可口可乐就像一片沼泽地！

爸爸，天上的朝霞就像一条一条的红丝带！

爸爸，难道蓝花楹跟兰花草是好朋友吗？

爸爸，给我一个贝壳吧，我想给大海打个电话！

……

　　成人的世界，充满种种惊慌失措的猜忌以及疲惫不堪的压力，所以山重水复；孩子的世界简单直白，一览无余，所以柳暗花明。

就把今天过成幸福的模样

清晨，将饵块粑粑切成筷子粗的条状，入锅，再将鲜嫩的白菜心切成丝，翡翠般的韭菜切成段，稍倾，继续入锅。海碗里，渐次放入鲜红的火烧辣椒粉，翠绿的芫荽、葱末，金黄的花椒油、水腌菜，淡黄的芝麻油，乳白的猪油，深褐的酱油。起锅，盛碗，盖上一勺肉帽子，起筷，拌匀——早餐时光就从舌尖上的幸福开始，随咀嚼入喉，入腹，涓涓如流的营养就那样流向四肢百骸，如醒来的第一缕阳光，温暖，亦芬芳。

周末，就该有周末的样子。

剥几粒玲珑剔透的桂圆，歇息瓷盘，犒劳一下流转的光阴；敲几颗青翠欲滴的余甘子，投入水杯，酝酿出清喉回甘的沁心；看雄鸡在墙头上严肃地踱步，俨然运筹帷幄的大将军；听喜鹊在枝头唱歌，仿佛宣告着初为人母的喜庆。恰逢野豌豆在沟涧边舒展着柔软的腰身，骄傲地吐蕊出一朵又一朵粉紫色的小诗；恰逢白蛱蝶从层层叠叠的油菜里钻出来，仿佛不怕生人似的，旋绕着人身上下翻跹；恰逢一大树熟透的君迁子落地成泥，偶有一枚坠于跟前，捡起，吹灰，送进口里，极美妙的清甜；恰逢最后的柿子挂在高高的枝头，红灯笼一般，惬意地问候着路过的风。

经历了风风雨雨的老屋，不知不觉，已被最原始最古老的孢子植物苔藓当成了家，一度绿毯似的神秘世界里，悄悄隐藏了生物多样性的起源。就在人类尚未诞生之前，苔藓已在地球上崭露锋芒，当无数貌似强大的生物在历史长河中寂寞消亡后，它却在平静的自我保护中，安全地审时度势，看日升月落，看斗转星移，看沧海桑田。冬日里，这些毛茸茸的小萌物因缺水而蜕变成风干的模样，脱下昔日的青衣，在瓦顶上，在石头上，在属于自己的锦瑟乾坤里，休眠成满眼满世界的"花团"，干燥，倔强，沉默，幽幽静静、清清郁郁，携带亘古的梦想，行走在时间的轨迹里，以当下浅浅脆脆的绿白色坚守生命，待来年春雨，必再度繁衍出一个绿意盎然的春天。

墙边如瀑的百香果藤蔓里，开着几朵极精致极美丽的花，形状奇特，花蕊绿色，中环紫色，外围白色，长长的卷须和花瓣围成一个规则的圆环，柱状绿蕊则像时钟的指针一样，甚是可爱。百香果花语是"憧憬"，看着流苏一般河水一般的卷须，确实容易让人陷入回忆，对"一花一世界"充满了无限遐想，就在我发愣的一瞬间，一朵花的馥郁已经轻轻巧巧地将我带回童年。信手，摘下几枚成熟的百香果，小心剖开，轻轻舀出鹅黄色的果肉，那一刻小心翼翼的姿态，就像从婴儿的摇篮里，托起一个极温柔极香甜的梦。将果肉放入水晶杯，再取一勺蜂蜜做伴，浇上温开水，搅拌，一瞬间，鹅黄色果肉散作衣袂纷飞，无数黑色的小粒种子也在漫天游弋中点缀着这个酸酸甜甜的世界。

就把今天过成幸福的模样，只要你愿意，只要你足够喜欢，生活就可以天天拥有不同的花样——例如，今天设计不同的路径去上班；今天下班后寻找不同的饼屋请自己吃一块创意口感；今天试着利用工具煎出造型各异又漂亮的荷包蛋；今天听一只蜗牛与牵牛花的对话；今天蹲下身子看看蚂蚁搬家会不会落雨；今天给孩子编读一个自己早就想要创作的童话故事；今天临睡前聆听一段另类风格的音乐……每天每天，其实都可以不一样，也不应该一样，就像昨日的云不等于今天的云，今天的风不等于明日的风。

不管未来是否还潜伏着种种无法预料的安排、疲惫的忙碌或者琐碎的错误，但只要我们努力把每一个"今天"都过成幸福的模样，那么再大的风雨、再多的寒冷又算得了什么呢？活在当下，开心最重要。

因为冷，所以更要清醒。

有一种生活叫信手拈来

城市的光阴总是生硬和匆忙的，农村的画面总是柔软和亲切的。

每每回到农村，我就回到自己所希冀所渴盼的那许闲适与自由。看一看蜗牛爬过藤蔓，闻一闻泥土盛开花香，拍一拍蝴蝶飞翔的翅膀，听一听溪流奔跑的歌唱。

没错，有一种生活就叫信手拈来。

信手拈来土豆，信手拈来扁豆，信手拈来韭菜，信手拈来蕹菜，信手拈来玉米棒子，信手拈来火龙果子，信手拈来苹果，信手拈来红梨，信手拈来甜枣，信手拈来板栗……

我时常站在石榴树、无花果树下张望，选一枚信手拈来的幸福，馋一嘴信手拈来的甜蜜。

亲戚在厨房里张罗晚餐，某个时刻，只听得她会突然喊道——"小翔，去门口掐一把豆尖，我要煮汤。""小翔，去门口摘几个辣椒，我要炒菌。""小翔，去门口拔几棵芫荽，我要拌蘸水。""小翔，去门口摘几个番茄，我要炒鸡蛋。""小翔，去门口掰几苞玉米，我要烙饼。"……那种采摘的感觉真是很微妙、很轻盈、很自在，感觉神奇的土地简直无所不能，感觉人们想要什么它都能够孕育出来、生长出来。当我掐豆尖、摘辣椒的时候，当我拔芫荽、割韭菜的时候，当我掰玉米、打板栗的时候，我的心情自然是鲜亮的、明媚的、喜悦的、富足的，这种信手拈来的生活场景自然是健康的、生态的、蓬勃的、多趣的。

那隅"绿树村边合，青山郭外斜"的开阔，那份"采菊东篱下，悠然见南山"的愉悦，那幅"大儿锄豆溪东，中儿正织鸡笼"的光景，那靥"莫嗔焙茶烟暗，却喜晒谷天晴"的淳朴，在我眼里流淌，心里发酵，由内而外，让人情不自禁开始微笑——笑对生活馈赠，感恩大地万灵。

信手拈来微笑，信手拈来诗意，信手拈来芬芳，信手拈来惊喜。在无数"信手拈来"的背后，总是一辈又一辈山农种下的智慧与汗水，才让这个世界活色生香，这片土地生生不息。

信手拈来一段文字，祝福——五谷丰登的日子，还有，翻地拢墒的光阴。

七步场 · 樱花雪

站在新年的第一天，目光穿过层叠错落的楼影、车影、人影，终于看清七步场村口的轮廓。这一天的入村道路，竟变得如此生动，如此繁华馥丽，固执着地延伸到豆腐传说的深处。一树树如锦如织的颜色，始终飘飞着非遗文化的醇香。

望着村口，恣意想象着那街头巷尾里飘浮的各种豆腐记忆，以及那些还没点醒的豆花，还没烹饪的豆肴，还没被染上生活的五味杂陈。或许这个冬天，七步场和它的豆腐一定是在等——等一场粉的白的冬樱雪，突然就奇迹般缤纷在通往村庄的途中。

以前从不曾注目过，原来在通往七步场的途中，竟然种满了樱花树。我也并不知情，冬樱花会迟迟悄悄地，忽然盛开在不为人知的新年的早晨。

猜想，如今无量山浩浩荡荡的樱花雪早已疲惫落幕，可是七步场村口的这场雪，才开始纷纷扬扬。

我沿着梦境走去，沿着往事走去，走进一团团粉焰白雪的梦里。恍惚地以为，这场樱花雪应该是时光深处借来的际遇，借以暖眼、暖心、暖忆。

这花，是什么时候绽放的？忽如一夜春风来吗？通往七步场的道路，原来，也可以这样唯美，这样浪漫。

七步场的冬樱花，如疯了一般绽放，在我凝望的眼前，如油画一般浓烈和张扬。粉的、白的樱花雪，一片一片飘落。一场浪漫的际遇，就在脚下，缤纷成一地的柔软时光。轻轻拾起落瓣，我忽然想起了什么，豁然抬头看向古老的豆腐村庄。

就在前世今生的故事里，必定婀娜着一个点浆豆腐的微笑女子吧。她的掌心温润如玉，任白滑细腻的豆腐在她的绕指柔里，慢慢温醇，优雅地成为世人鼻尖和舌尖下的美好记忆。

此时此刻，思绪翻飞，游走在淡淡香的樱花风里。风，调皮地卷起满地花瓣，连同古老的故事，一起缱绻在当下安静恬美的时光里。

错过了无量山，错过了那场樱花之恋。所幸，今天没有再错过这古老的村庄，没有再错过这缤纷的花事和朴素的花香。花香透过层层叠叠的花枝和花颜，随风弥散开去，凌空成翳，落地成殇。

转身时，竟依依不舍。一再回望那粉、那白，以及，那前世的旧影。忽然，时光绵长，豆腐如歌，樱花如雪……

故乡的云

绵柔萦绕
那是故乡长情的微笑
那个地方灿烂着苞谷　　　　虔诚着山神庙
生机着爬墙草　　　　　　　一幅一幅朴素的光景
痴情着蜘蛛　　　　　　　　渐次在耳畔汇聚奔跑
活泼着核桃　　　　　　　　最后盛开成
清甜着竹笋　　　　　　　　细细密密的歌谣
　　　　　　　　　　　　　……

颗　粒

——回乡拾偶片段

休假伊始，归心似箭。没有太多琐碎的遗憾和告别，只在某个晴朗的早晨，载上父母，一脚油门，匆匆驱车上路。

身后，遗落了一城繁华。而我的故乡在遥远的边疆召唤……

熟　悉

清晨，明媚的清晨，鸟语的清晨。

芳馨的空气中流动着太多熟悉的味道，乡土的味道，阔别的味道。那一刻，安坐在温润的晨光里，听着乡音，话着乡情，有些许欣慰、些许感动。

岁月，果真是一条河。左岸是素面朝天的故乡，右岸是繁花似锦的他乡，而在中间飞快流淌着的，是我年年岁岁盛开着的怀念和感伤。

一叶落而知秋——悲秋，悯秋，读秋；

一心归而知愁——离愁、乡愁、情愁。

无端地，心情总会这样，喜悦中贮藏着悲悯，熟悉中弥漫着陌生。曾经高耸巍峨的山峦，如今铺筑了直线石阶；从前一望无际的稻田，此刻建盖了错落楼房。熟悉的光景中，千帆已过，风住尘香。只有心无旁骛的雀子，轻巧地站在枝头，歌唱着流转的季节和单纯的盼望……

稀豆粉

一道风味独特的小吃。

一碗伴随我长大的香香馋馋的记忆。

回乡的每一个清晨和夜晚，我总要急急赶至稀豆粉小店守候，看慈蔼的厨娘熟练地起碗、扬勺，将鹅黄色的滚烫的稀豆粉浇在米线上，再飞快地点上花椒油、芝麻油、辣椒油、酱油，洒上白的蒜末、黄的姜末、绿的芫荽、褐的孜然，淋上卤汁，盖上帽肉，然后用湿巾顺碗边一遍，随着一声"好咧"，即可享用热乎乎香喷喷的米线。此外，依人而取，因人而异，只要你喜欢，还可以附加一些烧过卤过的熟食和色彩斑斓的咸菜。

那个时刻总有些恍惚，抬头低颔间，总有白白袅袅的蒸汽飘飞、香香馋馋的味道萦绕、浓浓厚厚的乡音谈阔，还有来自厨娘那抹温暖明亮的不曾改变的微笑。

宿　醉

夜里宿醉，和着眼泪，在曾经爱过的地方流淌。

一杯，一杯，我仰脖饮尽，让眼角的眼泪肆无忌惮地滑落，在年轻的心中泛滥成奔流不息的沧江。我喝下忘却的眷恋，也喝下桀骜的涅槃，喝下坚强的委屈，也喝下怯懦的勇敢。往事一幕一幕，终于就在觥筹交错间，窒息成如黑夜般浓稠的绝望。

伏在吧台上，麻木的休憩，喧哗声不绝于耳。热闹是他们的，属于我的，只有律动的苍茫和迟钝的想象。

寂寞的边缘，就有卡伦·卡朋特的怀旧金曲《Yesterday Once More》从声色交错的光影中走来，以舒缓的呓语和隐忍的微笑安抚我的忧伤。往事已矣，恍若那个身袭黑色晚装瑰丽又冷傲的女子，一步一歌，幽幽退场，最终消失在珠帘背后，长廊尽头。

走出酒吧，万籁俱寂。我记住了酒吧的名字，一个怀旧的名字——"昔日重现"。

远离灯红酒绿，我走在从前的路上，踉跄着我的快乐和悲伤。我喜欢深邃的夜，因为它拥有包容一切的黑暗，因为在黑暗中，没有人会看到流泪的脸。

天幕，如同一块巨大的墨蓝色的玻璃，折射出清冷的光。我走在从前的路上，忘了时间，忘了空间，只有铺天盖地的星光如杨花般落满我的肩膀，还有，我迷醉的眼睛。

怀 念

走在故乡的土地上，不可遏止地，开始怀念。

怀念童年拾到的那朵小花，怀念少年走过的那条小路；怀念夏天丢失的那只蝴蝶，怀念假日深锁的那许孤单。那些充满惊喜和委屈的时刻，那些铭刻欢乐和落寞的季节，蔓延过我的幸福和沮丧，也沉淀了我的追逐和向往。

一个人走路，走着从前的路，唱着从前的歌。

道路两旁仍有青砖砌成的围墙，只是墙面早已被岁月剥蚀出罅隙，我从罅隙中听到了风声，听到了童年的风声——夹杂了第一次掏蜂窝时紧张的欢喜，夹杂了第一次犯错误后负疚的哭泣，夹杂了第一颗偷偷藏起来的皂荚果，夹杂了第一枚轻轻吹散开的蒲公英。我还是从前的我，只是心不再是从前的心了。

走着，走着，我仿佛看见我的从前，我的无数个从前，柔光碎影般穿过我的指缝，越过我的鼻梁，安抚我的成长。

我是个孤独的孩子。总是孤独地走路，孤独地歌唱。

我一直是一个孤独的孩子，总在受到惊吓和嘲笑后，飞快地穿过熙流的人群，躲过喧闹的目光，背着书包，一直跑到无人的草坡上，含着倔强的眼泪，或埋头，或仰望。只是，当泪风干的时候，我的心又变得安静和柔软。走过一条又一条街，看过一朵又一朵云，抚过一棵又一棵树，数过一扇又一扇窗。直到走进家门，我才感受到一种安定的幸福和关切的温暖。

怀念，像一粒破土的藤蔓的种子，在故乡执着的守望中放肆地滋长和攀缘。

爱 人

我的爱人，是离我最远又最近的星辰。

在每个思念的夜里，总会想起爱人的眼睛、爱人的叮咛。那是不离不弃的牵挂，那是相濡以沫的温馨。

每当一个人的时候，总要回味与爱人相识的缘起——乡村、院落，欢快的鸟语，紫荆花的香气，似曾相识的擦肩，彼此回眸的默契，从此，每一天的歌声和梦中，开始源源不断地生长，那些苍翠的活泼和年轻的欢喜。

叶子落了又萌，花儿谢了又开。时间，一如湍急的河水奔流向前。

一恍神，一刹那，我们走过三年。

安静抑或争执，担忧抑或怨艾；忙碌抑或责备，悲伤抑或甜蜜；疲惫抑或惆怅，等待抑或哭泣。

一路走来，不觉间，我们就在飘飞的岁月里走完了三年。

三年，不羁的三年，任性的三年，恬静的三年，成熟的三年。

三年，小小的浪花，长长的记忆；三年，小小的幸福，深深的感激。忽且，就有一支好听的歌如星子般坠下，落在牵念的耳际，悠悠响起——

> ……拉着你的手，牵着感情线，漫步在彩云间，
> 不管生命还有多少明天，就让时光停留在今天。
> 不管爱的路有多么遥远，不管剩下还有多少时间，
> 不再情深缘浅，不消失在眼前……

枕着家乡的月，微笑入眠。相信梦中，无论哪一个场景、那一个片段，无论阴晴，无论悲欢，我都一定可以捉住，属于爱人的最初的眼光。

佤寨

归旅。当下。来到边陲一个最为原始最为淳朴的佤族寨子——翁丁村。

目之所及，苍郁的树木，热情的歌舞，还有一爿又一爿竹木结构的茅草房。阳光哗啦啦地照在屋顶上，照亮了每一幅淡蓝色的袅袅飞升的炊烟。继续往前：佤族小伙们有的劈柴、有的晒谷；佤族姑娘们有的织布、有的浣洗。一个又一个黑珍珠般的小孩，扬着明亮的笑靥，在宽敞的院落周围你追我赶，无邪的笑声震落了树叶，也惊得几只鸟雀腾空，为宁静的山寨平添几许灵动的色彩。

日出而作，日落而息。翁丁村的男女老少远离现代科技物质文明，于青山绿水间，秉承原始的传统习俗，一代一代，安然享受着世外桃源般的淡泊和淳朴。

采茶、纺织、种谷、碾米、狩猎、庆祝，似乎成了翁丁村

民世袭的生活方式。时光荏苒，唯有古老的图腾柱、庄严的寨王椅、朴素的亚麻服、悬垂的火烤茶，以及温婉的采茶女和精悍的弓弩手，共同绽放成一束奇葩，并在物换星移的岁月中，见证一个民族的繁衍，凝聚一个民族的精气，定格一个民族的历史。而那些在流淌的光阴中，悠悠盛放着散释着的，总是含蓄的微笑、诚挚的表达、热情的芬芳、不朽的年华。

一步三回头，翁丁村已经远远落在身后。阿佤人民的蓝空下，久久萦绕不绝的，是那支悠扬动听的《月亮升起来》——"月亮升起来，山寨静悄悄，风儿轻轻吹，弦子声声响……"

他们在歌唱爱情，她们在歌唱生活。

茶 憩

午后，偕友人落座湖心阁。

当下，透过镂雕的木子格窗，就有大把大把的阳光照进来。阳光融融，茶香袅袅，和着朋友们的笑语，温暖了这个初冬午后的茶坊。

台布是草绿方格的麻料，边缘自然垂饰着流苏；椅子由古铜色的藤条编制而成，人工镶嵌了花叶图案，那些跟台布同样色调的坐垫，蓬松而柔软，清新也雅致。阳光抚摸着精巧的白瓷杯壁，使整个杯身更加细致洁净，几线调皮的光柱越过杯身，穿过茶面，游弋水中，照亮了每一片正悄悄舒展开的小小的叶，又魔术般吻醒了沉默杯底的叶影，渐次绽放成一小朵一小朵自然游移的暗花。叶身通体翡翠，温润娇柔；茶波清澈见底，暗香浮动。间或起盏啜饮，摇碎了光影，摇匀了茶味，芬芳扑鼻，惬意无限。而在离唇搁盏的瞬间，那些犹如水上芭蕾般舞蹈着的绿色精灵，也亦趋亦沉地荡开一圈又一圈涟漪，给人小小的欣喜、小小的温煦。

窗外，湖水正清，湖色正浓，湖光正好。诧异了这个季节居然还垂柳青青，温醇了摇曳了观看风景的眼睛，也触动了荡漾了满池碧波的柔情。

山 景

每一天，在某个县域稍作停留之后总要上路，开始新的旅程。

家乡山路弯道虽多，山景却颇为古朴和苍郁。车行林荫，仿佛置身波涛起伏的海洋。黄黄层叠，绿绿交错，或黄得灿烂夺目，或绿得清新悦目。黄色的叶子，是一支成熟浑厚的命运交响乐，意境深邃，气势磅礴；绿色的叶子，则是一支轻快婉转的乡村童谣，清亮畅达，生机勃发。偶然，有高崖山泉飞泻，抑或林间山溪淙响，我竟忘了自己还在驾驶，一双眼睛总会贪婪地享受着窗外——流转的季节自然的风光。

行进当下，有风掠过，就有无数垂暮年华的叶子飘飘袅袅地落下，如金蝶舞般轻盈。此光景，常让我萌生一种不真实的幻觉，仿佛，如此缤纷的时刻只能温馨在书册的细节中，浪漫在影视的画面里。那些实实在在蹁跹着的怡然自乐的落叶，时常在我满是惊讶和欣喜的眼睛里，飘飞成一首首清纯叠韵的诗、一幅幅灵秀婉约的画、一个个色彩斑斓的梦。

透过后视镜，我又看到——就在年轻安静的车辙后面，总会很快地，覆盖上一层柔软微笑的金黄。

劳　顿

翻过了山还是山，驶过了路还是路。

整个旅程独我驾驶，除了开车还是开车。

那条自脚下蜿蜒盘曲的道路，似乎总也看不到头，望不到边。这个时候，困顿不失时机地袭来，仿佛一只恶毒的不眠不休的虫子，在我毫无防备的耳边，狰笑着，不停地给我催眠。

眼角酸酸涩涩，上下眼皮沉重地只想闭合。一恍神的工夫，思维也开始罢工，迷迷糊糊地进入休眠状态。行进的路上，虽然只是短短几秒钟的瞌睡，却常常上演惊心动魄的会车"绝技"，要么紧急刹车，要么急打方向。而在吓出一身冷汗之后，才逐渐恢复片刻清醒。

父亲提示靠边休息，我却执意驱车前行。我固执地认为，只要提前一分钟到达目的地，就可以为全家人赢得一分钟的休憩和游览。后来，父亲变戏法般掏出一把橄榄，让我和着浓茶，驱赶睡眠。原来，父亲在某个偶然行经的小村边，趁着如厕机会，挨家挨户询问，终于为我讨到生津止"瞌"（渴）的橄榄。

圆圆小小的橄榄，青青嫩嫩的橄榄，终于战胜瞌睡，让我一路放歌，清醒着思维，悦目着美景，也回甘着浓浓的温情。

父　亲

一个慈眉善目、通情达理的老人。

在我劳顿的时候，是父亲予我安慰和鼓励，并适时劝我停靠、阖目、歇息。也许只是一句温暖的话，也许只是一口温热的茶，却在长长的旅途中，时时让我振作，让我感动，让我坚持。

连续五天，车旅中的父亲没有合过一次眼，没有喊过一声倦，他用坚韧的毅力支撑着，用慈祥的微笑陪伴着。

我说：老爸，你睡会吧，我没事，保证安全驾驶！

父亲说：儿子，我不困，我醒着你才不会感到疲倦和孤单。

不曾忘记旅程最后一夜，赶夜。

凌晨三点，我和父亲于路边稍事休息。许是太困了，父亲竟然睡去，微鼾。我的心忽然变得安静、柔软，也开始疼痛，为眼前这个懂我疼我的老人，为夜光中那头见证岁月的白发。轻轻抚摸父亲饱经沧桑的脸庞，告诉父亲：老爸，我会坚持，也会坚强。脱下外套给父亲盖上，含着笑含着泪，再度发动引擎，载着父亲驶向前方。

父亲，睡吧！一路行来，你真的累了；

父亲，睡吧！等你睁开眼睛，我们就回到了家。

回 乡

周末。

一个人，在夜里驱车上路，驶向家乡，也驶向那些流淌着回忆的地方。

路 上

夜色渐浓，车内回旋着怀旧的老歌。忽然，就有熟悉的片段摄人心魄，猝不及防地，触痛心底那些最柔软芳馥最悠远绵长的流光。

我想起——

想起"斯岗里"那双深情的眼眸；

想起五号路那盘香软的炒饭；

想起宿舍区那株芬芳的缅桂；

想起舞台上那次投入的演讲；

想起步森街那隅寂寞的徘徊；

想起部队里那湖摇曳的荷田；

想起高考前书桌上的那只苹果；

想起毕业时校园里的那场宿醉；

想起一个叫作"平掌"的小村；

想起小村里那群快乐的孩子；

想起自制糕饼上点燃的生日红烛；

想起亚练派出所里盛开的紫荆；

想起那些个山风裹身的夜行；

想起皎洁的月亮和飞舞的流萤；

想起沉醉后的迷乱和疯狂；

想起被烛火灼痛的残败与悲伤。

……

窗外，是连绵不断黑黢黢的山峦；前方，橘黄色的路灯驱赶着黑暗；车内，婉约的旋律忧忧地回响。我紧握方向盘的双手在微微颤抖，汹涌而起的眼泪，忽然湿了脸、湿了心，也湿了一个流光碎影的夜。

路正长，夜正长，一如，我遥不可及的初恋和梦想。

歌声绰约，心事泛蓝。

我在路上，驶回家乡……

停　留

踏上家乡的土地，心头，泛开淡淡的忧伤和烈烈的欢喜。惆怅的是阔别家乡太久，总在不经意间遗忘了家乡的消息；高兴的是见到了父母、大哥和侄女，触摸到太多亲切和熟悉。

家乡日新月异。我在一个城市的嬗变中，寻找着旧时的痕迹——

那个宽阔的门球场，是否就是当年那片绿油油的草地？

那座古老精致的假山，是否盛开过晶莹光洁的木兰和茉莉？

那排整齐的停车库，是否喧哗过我的欢歌和无惧？

那片拔地而起的楼宇，是否躲藏过我的疼痛和委屈？

所幸，小巷还在，阁楼还在，梦还在。

那条幽深的巷道，必定徘徊过迷茫的过错和步履；

那面斑驳的墙壁，必定停留过忐忑的手掌和呼吸；

那根铜锈的水管，必定冲刷过顽皮的指尖和笑意；

那扇古老的楼窗，必定捕捉过活泼的追逐和游戏。

所有单纯洁白的憧憬、天真烂漫的欢喜，所有年少不羁的轻狂、青涩懵懂的甜蜜，所有坚韧不拔的拼搏、谦卑温婉的细腻，都在风里，都在雨里，都在岁月的罅隙中茁壮成长，最后，被时光雕刻成了一串一串明亮剔透的记忆。

一恍神，一刹那，我仿佛看到：那个怯怯的孩子踏着离合的光影向我走来，摩挲着墙壁，微蹙着眉宇，有些孤单和沉郁。他走近我，轻轻地，穿过我的身躯，一直朝着日光充足的巷口走去。我转过身，伸出手，想要牵住那个小小的自己，然而目之所及、手之所及，始终，只是一团模糊的光影和空气。

人已走远，梦亦走远。

有泪滑过，无声无息。

当我是农民的时候

时光的脚步不曾停止，回望昨天，往事渐长。循着下派的足迹，梦里依稀，我又看见自己当农民的影子。

平掌村，土地总面积 24425 亩，耕地面积 5654 亩，森林面积 9278 亩，平均海拔 1700 米，居住农户 482 户 2088 人，汉族、彝族、拉祜族、白族、傈僳族一村杂居。

远离都市的喧嚣繁华，淡泊世俗的追逐名利，绿树成荫，知了声声，平掌小村在夏日的阳光下舒萌着原始的生机与安宁。无暇浏览太多的风景，在铺盖行李落定农户家之后，我知道：我的农民生活正式拉开了帷幕。

铲埂

铲埂，分为铲大埂和小埂。

铲埂需要科学合理地使用锄头，一锄落下，埂面不留杂草，紧跟的下锄须准确无误地落在上一锄的削痕上，平整而光滑。

第一次铲埂不得要领，虽卖力却较死板笨拙，虽仔细却难控制把握，埂面凹凸不平、厚薄不均，杂草纵横交错顽固难断。不多时，我已满头大汗，紧攥锄柄的手生疼酸痛。更糟的是，无数混杂在泥土和杂草中的各类爬虫，随着锄头的起落，开始顺着脚踝向上进军，并于大小腿处不失时机地狠咬一口。气不打一处来，小小的虫子竟也如此负隅顽抗乖戾嚣张！面对成群结队肆无忌惮的蚁虫，我的思想居然进入紧张作战状态。来吧！

爬上两只，我立马扫落一双，侵犯数只，我无情消灭一片，眼瞅虫势渐弱，喜不自胜。

铲埂久了，自然摸出门道来，手起锄落，竟也铲得有模有样了。听着农民兄弟赞许的口吻，自豪油生。

耙　田

耙田，起到软化块泥的作用，并为插秧奠定基础。耙田既要掌握平衡技巧，又要控制耕牛的行进方向。

于我而言，耙田该是一件极具刺激和充满乐趣的事儿。当脚掌在尝试中踩稳耙板，当耕牛在吆喝中埋首起步，当耙板在泥田里来回穿梭的时候，我居然可以做到成竹在胸有条不紊，继而踌躇满志春风得意了。那一刻，我仿佛置身童年，在广阔的绿坪上冲滑板，于皑皑的积雪里撑雪橇。

牛儿很乖，总在一种特殊的口哨声里停了下来，身后，留下长长一道耙痕，翻滚的泥浆逐渐平静，微微泛着鱼鳞纹。当满脸阳光的我走下耙板时，俨然一名凯旋的将军。

拔　秧

拔秧，看似简单却有窍门。

一根一根地拔，秧密难分，速度极慢；大把大把地拔，附泥太重，容易断根。所以拔秧必须棵数适中，手力均匀，手起秧起，干净利落。通常，为提高效率缩短时间，拔秧人左右开弓毫不停歇，直待田空秧尽，方进入"洗秧"（甩净秧苗根部泥团）和"捆秧"工序。

于城里人而言，拔秧也许不难，最难的莫过于从秧苗中剔除极似秧苗的黄草和毛稗。起初，面对鱼龙混杂的秧苗，我束手无策真蜀难辨，在农民姐妹细心地"点拔"下，我茅塞顿开恍然大悟。原来，真正的秧苗须根较为细密，叶片狭长，每片分叶底部都藏了一只"小耳朵"（一撮白色的绒毛）；黄草，草如其名，叶片宽厚略黄，没有"耳朵"，根部上方呈红色；毛稗，长势极好，没有"耳朵"，最重要的是其根须壮硕肥厚，粗长泛白。拔秧，练就了一副好眼力，通过察"形"观"色"，我能在极短的时间内区分真伪明辨寅卯。

许多时候，拔秧也会拔出"乐子"。当我娴熟地拣草去稗时，当我锐气十足暗与拔秧人比赛较劲儿时，当我沉浸在"学有所成学以致用"的喜悦中时，冷不丁拔出一条浑红丑陋的四脚蛇，蛇眼瞪人眼，四目相对，惊骇相望，人们总在我极具肺活量的咋呼声中哄笑成团。原来，那仅仅是一种秧田里司空见惯却无力伤人的四脚蛇。

插　秧

插秧，看似容易却需巧用手法：左手持秧分秧，右手顺序插秧。

第一次近观插秧，不由得感叹插秧人手法之娴熟，耐力之持久。她们总能恰到好处地找准位置（秧棵之间始终保持 5 ~ 6 厘米的距离），手起秧落，速度极快，常常右手带起的水花还未落定，左手分出的秧苗已经栽下，所以插秧人的左右手之间，始终点缀着一条美丽的水弧。犹如变戏法般，不用多时，空旷的泥田里便轻轻摇曳起一片绿色的绒毯。

第一次下田插秧，极为小心。既怕秧苗插得太深，又怕秧苗插得太浅；既怕秧苗插得太密，又怕秧苗插得太疏。烈日炙晒，汗滴和土，田间小憩，喜望自己种下的"绿"，心潮澎湃间，竟遥想一季之后该产粮几何？

偶尔起身，举目远眺，但见峰峦叠嶂，白云缭绕，似闻煦风轻语，山涧传谣。此情此景，惹人歌欲，屏除羞涩之后，我亮开嗓门，一任经典的老歌随风荡漾：

> 一座座青山紧相连，
> 一朵朵白云绕山间，
> 一片片梯田一层层绿，
> 一阵阵歌声随风传……

平掌，该是我的第二故乡。

尾　声

当我是农民的时候，体会到"面朝黄土背朝天"的艰辛；当我是农民的时候，领略到"胸前一身泥，背后一身汗"的苦楚；当我是农民的时候，深谙了"日出而作，日落而息"的规律；当我是农民的时候，诠悟了"春种一粒粟，秋收万颗籽"的耕耘。

雄关漫道真如铁，而今迈步从头越。

在"三村工程"的召唤中，在"云岭先锋"的带动下，相信勤劳的平掌人终会在肥腴的土地上播种出富裕，播种出安康，播种出幸福美满的希望！

和孩子们走过的日子

20年前，因工作关系，我下派到一个叫作"平掌"的小村体验生活，于细节中寻找感动，于感动中诠释本真，于本真中发掘自我。由此，浇铸了一段刻骨铭心的岁月；由此，拉开了一袭温暖隽永的流光……

初为人师智慧点亮童心灯

"黎明已带我上路，我不能停下脚步，善良的人在为我祝福。"无论涉足怎样的环境，作为下派干部，总要发挥己长，为遥僻的山村带来一股清新的风。

那是初涉平掌的日子。

那是一个蝉声聒噪的季节。

那是一种热情的氛围和肃穆的时刻。

当我走进精心布置好的会场，掌声如雷。主席台、话筒设备一应俱全。台下，全校师生、村干部和当地百姓黑压压坐了一片。

这是一堂特殊的法制讲座，这是一名下派干部给予农村群众最直接最自然的启蒙。

孩子们全神贯注认真听讲，我择要而谈从述如流——什么是违法和犯罪？怎样区分罪与非罪？违法和犯罪的构成要件是什么？如何划分违法和犯罪主体的年龄界限？违法和犯罪事实定性后应当承担什么责任？结合各类法律法规，我微笑地阐述着、讲解着、分析着……

一个个生动鲜活的案例，一次次循循善诱的提问；一回回积极大胆的发言，一场场踊跃激烈的讨论。

就在深入浅出、轻松活泼的语言中，孩子们兴奋异常，一双双清亮的眼睛写满了对法界的好奇和热望。孩子们专注的表情打动了我。我的思维异常活跃，我的记忆愈加清晰，我将累积多年的专业知识和实践经验融入案例，充分启发着震撼着熏陶着每一颗童心。

时间飞快地流逝着。我和孩子们完全融入这个充满了法制趣味的"小世界"。忘却了窗外聒噪的蝉声，忽略了周遭密集的人群，就在严肃的话题和微笑的交流中，大伙探寻着一个目标——于我而言，要严格执法热情服务；于孩子们而言，要知法守法谨防高压。

衣着可以简单朴素，饮食可以粗茶淡饭，土地可以暂时贫瘠，房屋可以暂时旧残，但我们的思想观念却不能停滞落后，还需要不断地创新和发展。

转眼，三个小时的法制讲座接近尾声。

窗外，摇曳着绿色的季节。我从孩子们的眼睛里，看见了多彩的阳光。

爱在征途　笑语织缀求索梦

"我在风雨中追逐，穿越生命的桎梏，搭建虹桥寻觅阳光坦途。"常常，痛苦和欢乐并存，当年轻的心趟过磨砺的河，坚毅的面庞终学会笑对人生。

那是阳光灿烂的日子。

那是孩子们走出考场的时刻。

那是一片盛满欢乐的绿色海洋。

当我被孩子们牵引着走向原野，当我呼吸着大自然特有的清新，当我落座树荫，笑看一颗颗飞扬着的无瑕童心时，恍若瞬间，整个世界倏然变得沸腾和明亮。

鲜活的茶树，芳茵的草色，蹁跹的蝶姿，奔放的溪唱，全都融入孩子们脱缰的歌声和笑语。

远处的山脉绵延一线，缓缓散步着大朵云影，云影身后，是一派阳光普照的晴朗。如果山为躯，水成袂，日作裳，那么暗投的丽影则缀饰，既装点山乡的锦绣，又抚衬群峦的巍灵。

艳阳下，孩子们释放了原始的本真和特质，尽情追逐着、嬉戏着，把一个童年的世界渲染得多姿和绚烂。

阳光的草坪，盛放着孩子们的笑声；清醇的空气，流淌着孩子们的欢乐。不多时，我亦被他们的真趣打动，起身，随之放歌纵舞。而当我小憩时，孩子们仍然在我面前，用心地表演着他们自创的节目。

随着节目内容的渐次铺开，我忽然发现，这些质朴的孩子竟和这里的山水一样，充满了灵性、悟性和可塑性——寓意深刻的小品、即兴脱口的朗诵、惟妙惟肖的表情、有板有眼的动作……无不渗透着孩子们聪颖的天资和渴待的梦想。

衣着朴素简单，笑容纯真明亮。远离城市的喧嚣和繁华，他们澄澈了一方净土，也自在了一颗飞扬的心。

这就是山村的孩子们。这就是——我的孩子们。

因了机缘，彼此相识相聚；因了给予，彼此相惜相契。还有什么能比此时此刻更加馥郁？又有什么能比此情此景更加温煦？

草很青，花也很好。

和丽的风中，无数的红领巾在飘，在笑。

天很蓝，云也很白。

我仿佛看见，孩子们的梦想已长出稚洁的翅膀，向着太阳飞去，飞得很高、很高。

情系平掌　泪雨见证励志路

"黄昏落下了帷幕，其实我并不孤独，再多的苦我愿意付出。"离别，总是亘古伤感的话题，然而，经历了鱼水情的交融，一颗公仆心，更能诠释宗旨，升华鲲鹏。

那是离开平掌的日子。

那是野樱桃花开满山坡的季节。

那是一个弥漫着潮湿气息的夜晚。

当我走进教室，面对着一双双干净得没有任何杂质的眼睛；当我克制情绪，思忖着该怎样安抚如此沉重的离别；当我仔细聆听，所有用泪光浸泡出的语言——

"老师，您不要走！"

"老师，您还会回来吗？"

"叔叔，我们不会忘记您！"

"叔叔，祝您一路顺风身体健康！"

……

那一瞬间，我的心仿佛被什么东西填得很满很满，那是怎样一种感觉？幸福、激动、欣慰？抑或是伤感？为这样一群不谙世事却纯真可爱的孩子，为那样一种简单剔透却善良质朴的心灵。

拉开了离别的帷幕，也就拉开了长长的话匣子。我用一种近乎滚烫的语言安慰和鼓励着我的孩子——

"人走了，心，却留在了这里。我喜欢这里的山、这里的水和这里的人。因为有了你们，我的每一天才变得更加充实和饱满……"

"你们都是懂事的孩子，从你们身上，我同样学会了如何把握、珍惜和热爱今天的生活，如何用眼睛去捕捉自然界的日升月落，如何用耳朵去聆听校园里的晨钟暮鼓……"

灯光映照着泪光，真诚汇聚着真情。就在那样一间贮满离别的教室里，所有的心事盈熠着不舍，所有的语言凝噎着祝福。

当我结束与孩子们的交流，当孩子们团簇起来送我礼物，当我满怀谢意地向孩子们鞠了个深躬——

就在起身的那一刹那，忽然发现尘封太久的眼泪，已不知何时，爬上了微笑着的我的脸。是的，我哭了。有什么不可以呢？为了这样一群深爱着我的和我深爱着的孩子，我宁愿放下一名下派干部常有的豪迈和胆魄，然后俯下身去，收获一种最简单的谦卑与感激。

走出教室，泪痕阑干。

怀抱着一封封肺腑的书信、一束束粉红的樱花、一块块奇特的山石、一张张自制的贺卡……我笑了，并由衷地释怀。因为我知道，自己所拥有的，不仅仅是这个夜晚收到的最珍贵的礼物，还拥有了足以让我幸福一生的最美丽的春天。

忽然，想起诗人雪莱说过：冬天到了，春天还会远吗？

尾 声

如今，我早已回到单位。

闲暇舒缓的时刻，常常想起孩子们的笑脸。汹涌着的记忆，总在某个月照无眠的夜里，将我牵回到那个叫作"平掌"的小村，随之产生一种极深的感慨和怀念。

"路漫漫其修远兮，吾将上下而求索。"

当我化身农民饱尝农活的时候，才感受到返璞归真的生活及生活中耕耘着的思想；当我客串教师熏陶童心的时候，才读懂了澄澈如水的眼睛和眼睛里闪烁着的渴望。

暮色渐浓，灯火燃亮。

斟一杯袅袅暖暖的茶，踱步月场。皎洁的光晕里，微醺的茶液映射出琥珀样的痕迹，在我含笑的凝视中，就有罗汉果花瓣沿着杯壁，轻轻缓缓地落下……

消忆·消意

　　我想，一座城的记忆，或多或少，总会牵系着一种说不清道不明的老街情怀。

　　近日，携家人重返母亲的衣胞之地楚雄做客。母亲是楚雄州牟定县人，可以说，除了临沧市凤庆县的彝家山水外，牟定小城也是承载过我童年足痕的第二故乡。

　　表哥现在定居楚雄州，全家之所以从牟定迁到楚雄，是因为祖祖辈辈赖以生存居住的"十字街"由于政策原因被整街拆除了。"十字街"，顾名思义，就是呈"十"字结构，以正中为核心，分别向东、南、西、北四个走向延伸打造出东、南、西、北四条街。据老一辈说，十字街建街时（约500年前）曾邀请高师进行地理坐标测定。当然，此民间说法已无从考证。

　　整爿十字街建筑古朴，凸显北方特色，多为百年以上两层门面店铺的老屋古宅，上层存放主人家物资，下层高大宽敞，通常用于经商，属于典型的前店后宅、土木结构、古巷甬道、阁楼镂窗式民居，整体偏重灰色，仅用白色线条勾勒出檐口线角，窗框则采用暗红色，再配以土墙青瓦，色彩素淡、安详，极富浓郁的生活气息。

　　从商贾经营范围来看，四条街风格迥异，功能分布颇具特色——东街以销售布料丝线为主，花花绿绿的微笑汇成了东街的标签颜色；南街以售卖殡葬用品为主，蓝蓝白白的冷郁总是定格了一种说不出的压抑；西街以荟萃本地名特小吃为主，香香甜甜的馋味烘托出一个个热气腾腾的季节;北街以美发美容和传统相馆为主,旋转的三色桶彩条灯柱和挂在小店门口的玻璃相框,流淌成了南来北往的时尚表情。当然,这只是历史演变形成的一种自然而然的划分,而静默其间的各类老字号品牌小店,比比皆是,吸引着无数流连忘返的目光。

北街是阿婆的家,是母亲的家,是舅父的家,是表哥的家,对我而言,北街就多了一种能够镌刻童心的温度,一度温暖我的童年。

在与表哥闲聊中得知,就在牟定落实旧城改造的重大历史变革中,十字街彻底消失了,消失在人们或惊诧或愤怒或沉默或叹息或木然的眼皮子底下,消失在数百年来已经岌岌可危的"世外桃源"里。表哥一直记得拆除十字街那天的满目狼藉,残垣断壁;记得那一天扎成堆的人群纷纷举起手机;记得那一天轰然倒塌的烟尘,还有眼泪。

现实的辙痕渐渐模糊,从前的故事慢慢清晰。我忆起母亲告诉我,在她小的时候,家里是开客栈的,那些镶嵌在人文精神里的马帮队伍,常常在此落脚,一记吆喝,一串银铃,一行脚印,成为历史符号的戳记,成为来自茶马古道的一幅幅外延和缩影,而跟在阿婆身后蹦蹦跳跳的母亲,至今还记得那些个车水马龙、人声鼎沸的晨晨昏昏。

而我的记忆,该从一张黑白照片说起。那是从北街阁楼里一个年纪比母亲还要大的雕漆樟木箱里翻出来的照片,约莫6寸,是在正门堂屋里拍的,画面清晰,照片里的堂屋摆设和我当时所看到的堂屋模样并无二致,正中间是一张四四方方的雕花红漆八仙桌,桌子两旁是两把雕花红漆太师椅,椅子上分别端坐着两个陌生又英俊的年轻男人,一副晚清着装打扮:头戴瓜皮帽，后勾黑辫子，长袍加马褂，手持水烟袋，星眉剑目，鬓如刀削，正襟危坐，不苟言笑。我跑去问舅父和舅母，他们告诉我，应该是我的阿公和小阿公，只是，他们的语气里充满了许多不确定，因为早年的医疗条件落后，据说，母亲还没有降临人世，阿公就已经过世了，而其他孩子都年幼尚小，所以，能够真正辨识出年轻时代的阿公的人，只有阿婆。只是，在我无意中翻出那张可能隐藏着阿公身份秘密照片的头几年，阿婆也已过世。手握着照片，握着阿公的韶华时代，我看见黑黢黢的阁楼里，那些微弱的光影尘粒中，始终飘飞着世代传承的因子和相濡以沫的时光，可能被记得，可能被遗忘。

所幸，表哥把缠绕了岁月往事、隐藏了历史年轮的八仙桌、太师椅和供台，全都完好无羔地迁回了楚雄家中。很多人上门，愿出高价购买，表哥总是微笑着摇摇头，不卖。是的，我能读懂表哥不卖的语气和表情，这是家族成长、家风传承的见证，是那些风雨飘摇时期仍不离不弃的见证，是血脉相连血浓于水的见证，但，何尝不是一座城市一个民族的文化见证、印记见证、灵魂见证呢？

十字街历经数百年，不知不觉，已经成为打开历史隐相的密码符号，成为影射时代进步的密码符号，成为延续传统文化承接盛世繁荣的桥梁和纽带，成为真正构筑一方生存者精神寄托的文化载体。这串消失的印记，不一定需要高楼大厦那样冷冰冰的钢铁铸体去重新认定人们的安居乐业，它应该需要更多的尤其是积淀百年之上的历史风貌来解读并构筑起一个城市的灵魂和世世代代人们为之奋斗为之珍惜的精神花园。

繁华落幕，告别的不仅仅是一个时代，而是牟定人祖祖辈辈的记忆。我想，现在出生的孩子，已经看不到十字街从前的温醇与慈祥的面容，他们只能从上一辈人的描述中，天真烂漫地想象着、憧憬着、怀念着那个足以温暖几代人的创业梦和幸福梦。

　　老十字街消失了。

　　十字街还存在着。

我的童年我的年

小时候过年，快乐都是真心的。

清凌凌的河水，扑腾着孩童逐鱼的欢趣；茂盛的油菜花田，躲藏了一束"偷窥"小蜜蜂的目光；辞旧迎新的桃符，温暖着张贴人的笑脸。还有点燃鞭炮捂耳逃开的愉悦，身后，清脆和爽朗出一地缤纷的红；还有家家户户门口，那高过人头的燃烧的香炷，青烟袅袅，绕梁飞升，纠缠了一脉说不清也解不开的情愫。在年幼好奇的眸子里，在一席清澈的眺望中，无端地，萌生一份未知的虔诚和敬畏，随即，又嘴角上扬，一转身，华丽丽地跑向属于我的无忧无虑的童年。

记忆的闸门一旦打开，就开始止不住地流淌——

北街街头的河水，清凌凌地，扑腾着孩童逐鱼的欢趣；茂盛的油菜花田，时常躲藏了一束偷窥小蜜蜂的目光；辞旧迎新的桃符，映红亲人们的笑脸。还有点燃鞭炮捂耳逃开的愉悦，身后，清脆地缤纷出一地的红；还有家家户户门口，燃烧着高过人头的香炷，青烟袅袅，绕梁飞升，盘旋了一脉说不清也解不开的情愫，在年幼好奇的眸子里，在一席清澈的眺望中，总会无端地，萌生出未知的虔诚和敬畏，随即，又嘴角上扬，转身，华丽丽地跑向属于我的无忧无虑。最兴奋莫过于十字街的年夜饭。踩在一如草原般蓬软的松针上，我可劲儿地蹦跳，偶尔也会趴在"绿毯"上，认真地，一根一根地细数着这些神奇的叶子——为什么会那么细？那么长？那么凉？戳在脸上身上，还会酥酥麻麻的痒。就在孩子们欢呼雀跃的馋望里，一道一道冒着热气的精致的菜肴，就那么五光十色地盛开在一地的翠绿中，松叶的清香，混合年夜的芬芳，熏醉了孩子们的眼睛和胃，门外一串串冲天炮、二踢脚的吆喝，脆生生地，唤醒我的童年、我的年……

那个时候，习惯守夜。我和表哥表姐们在守夜里，为了添趣，大家轮流循环着，漫无边际地讲着鬼故事。一人一个，不能不讲，越恐怖越吸引人，尤其在万籁俱寂的夜里，仿佛，所有的故事都必能沾染上夜色的黑，夜色的寂，夜色的狰狞。那是夜色中逃不掉的安静和神秘，那是夜色中抱团取暖的开心和期冀。

记不清我大哥讲了一个什么故事，于凌晨 5 点。窗外，一团漆黑，狗吠声偶尔传来，愈加把气氛推向高潮。窗内，绿毯似的松毛地，我们七个兄弟姊妹盘腿坐着，认真又期待地听大哥娓娓道来。大哥貌似煞有介事地编，和着如此肃穆又诡异的氛围滔滔不绝。只记得，当他讲到："夜，黑得浓稠。一根针落地，都能听得非常清清楚楚。只听得，堂屋木门嘎吱一响，门没有开，被门栓挡住，只是，从门缝里颤巍巍地，伸出一只松树皮一样的手，在探寻，在摸索，在寻找着打开门的一切途径……"，无独有偶，就在大家提着嗓子眼，屏住呼吸，聚精会神聆听故事的时候，我们所守夜的堂屋木门嘎吱一响，一只手果真伸进门缝，不停地搜索着门栓。那只手，枯皱、黑斑、瘦削，正努力把门栓移开，仿佛故事里的魑魅要入侵。七个孩子仿佛集中培训过一般，几乎就在同一秒钟，爆发出喉咙里的火山："啊！"

原来，是勤劳的舅妈起床了，准备生火，开始准备年味里面所有需要筹备的费心与劳事。

　　我的童年我的年，伴随着欢愉，长成了心底最柔的怀念，就在极为遥远的故乡，恰似那些让人敬畏的高高的烛台和炷香，盈盈袅袅，飘飞出儿时的盼望与张望。

驿路山草

一叶陌路
轻轻敲醒
冬尽春来的遐思
就在驿外转角　　　和着午后的风
掩不住草木葳蕤　　　吹落 一个色彩斑斓的季节
柔柔暖暖的新绿　　　原来 青春就是那朵
惊醒 往事沉寂　　　匍匐在土地上的
　　　　　　　　　渐行渐远的
　　　　　　　　　影子
　　　　　　　　　……

探春物茂

周末，携家人抵达物茂，继续寻找春天。

春天在哪儿？在胜于 1200 米的海拔之上，在错落有致的沙黏土里，在山河相间的砾石层处，在鬼斧神工的皱褶间，在芽稍初萌的苏醒时，在追根溯源的惊诧际，在历史天空的印痕中。所有纯粹又蔚蓝的风景线里，一只从老庄梦里惊醒的蝴蝶，跌跌撞撞，和我们一起，解读草色与春泥。

父母在我前面走着，认真玩味着地大物博的世界以及一仰茶一握掌也能捉住的春天。物茂是一隅耄耋又绚烂的时空，数百万年流转的光阴，仿佛孕育过山海经，开辟了神仙传，点缀了真灵业位图，让那些神奇倔强勇敢的梦幻，安静地走过沧海桑田。也许，这里也安抚过萨桑王国的"一千零一夜"，抑或，点亮过安徒生咀嚼丹麦的眼睛，从此，开出了一朵朵璀璨夺目的神话和童话，终于，出落成土林的万种风情，并以风声鹤唳又活色生香的姿态，演绎着美女野兽古堡灯塔海市蜃楼，以及世外桃源般黄发垂髫又柳暗花明的中国故事。

遥远古老的风沙，雕琢了一片森林，气势磅礴中透着古灵精怪，潜移默化里暗藏神虚幻境。光怪陆离的异山奇石、不拘一格的土柱造型、深远宁静的幽谷地缝、高悬半空的洞穴天门、原始粗犷的丘壑荒漠、五彩缤纷的沙雕泥塑、远古植物的繁种化石，以及地质地貌的扑朔迷离、单体造型的生动逼真、高岸雄伟的独树成章、冲沟发育的密集分布，共同组成了独一无二的古今奇观。

　　走在泥塑丛生包罗万象的特质森林，我常常被震撼，那些煞有介事且波澜壮阔的想象，如锦鳞般任性遨游——贪婪的"小熊"、沉睡的"卧狮"、高大的"骆驼"、开屏的"孔雀"、机灵的"山猫"、顽皮的"灵猴"、南飞的"归雁"、凶煞的"猎豹"、报晓的"雄鸡"……大自然的鬼斧神工，珠联璧合的日月天籁，造就了无与伦比的艺术殿堂，恰似镶嵌了一幅幅工艺绝美的壁画，千姿百态，别具一格；又似鲜活了一组组庞大逼真的群雕，生机勃勃，别有风韵。视线刚刚走出跌宕起伏的活跃线条，情不自禁，又融入隽永深邃的乐府长歌——万里长城的烽火台诠释天空的游戏，完达山脉流淌出乌苏里船歌，苏州园林闪烁"瘦皱漏透"的古典屏风，还有"星垂平野阔"的宁静宅院，又有"月涌大江流"的繁华都市，所有瘦骨嶙峋百折千回的造化，成就了文人墨客的追捧抑或独树一帜的羁旅情怀。咫尺之内涵盖乾坤，看似无奇不像，触及无奇不有。移动的脚步和探索的眼光常常邂逅一丛丛荫荫绿色，给辽阔的视线和天地平添些许清爽和生机，这是石头与草木的对话，阳光和影子的玩耍，土壤对天空的渴慕，岁月和生命的角逐。只一瞬间，那万顷的朱砂，星星燎原的微笑，气定神闲的仰望，组合成了纵横交错的穿越，前世今生的敬畏，以及踽踽跋涉的信念。

　　此刻，我和父母正穿过天人合一的洞穴，那些斑驳的皱纹以及充满质感的土面，像极了瞬息万变的历史长河，荡涤人心，磨砺人性。土洞着实阴凉，让人畅快，洞身微润，光影黯淡。这样的时刻，眼睛总会不自觉地聚焦最前方的一个光点，咫尺又遥远。"心静自然凉"，一瞬间爆棚的虔诚，恍入一条联结前世今生的时光隧道，直勾勾地，让人开始膜拜过去和未来。接近出口的地方，光亮骤然增强，我仿佛看到光影的神术，虚幻而真实，缥缈又饱满，一系列诡谲的魔幻色彩，让人不由忆起爱丽丝梦游过的仙境，那些崇媚的门生和幡悟的生灵。

风，吹来历史的气息。

我不知道百万年前的物茂当属什么模样，但我想，这些高达42.8米的故事，这些以物化形式存在的神迹，一定对朗朗乾坤锦绣河山充满好奇，所以固执地绑架了人类的想象，在任何一个力所能及的角落，创造出一幅幅精致又美丽的惊喜。这里，没有人为雕琢的痕迹，天空和自然浑然一体，哪怕飞旋的苍鹰、流动的溪涧，都为这个沉默绝伦的风格屹界，储备旷世的鲜活和灵犀。

瞠目结舌乃至手足无措的凡俗眼光，逡巡着如此鲜有的物华天宝——我的聚焦、俯瞰、仰望、穿梭、触摸、暴走，以及那些呼之欲出迫不及待的灵感和呼吸，都在徘徊、祈祷、窥伺和寻觅。我在和大自然对话，我探索着那些被历史冲刷后所排列出的风化密码，我从一块石头一个土褶上搜寻着悠远的源头、渐变的色彩、流畅的蛮荒。

徐霞客曾"涉枯涧，乃蹑坡上"，观突石翔集，金沙烨烨，品云母堆叠，黄映有光。这些叹为观止的祥云金粟，一度惹人倒错时光，隔绝红尘，亲隐素心，造就弘章。

父母在我前面走着，不紧不慢，温暖的背影凝聚着相濡以沫的时光，以及那些一回首一定格也能抓到的脚步和年轮。

天地之大，物茂之春，万灵圆融，万象更新。就像，这场春天的疫情带给我们的伤害与逆行；就像，刚刚走过的这片叫作"物茂"的村庄和森林。

糯黑散记

清晨，小镇开始生机勃勃，人们开始忙碌奔波。宽阔的大街上，已经堆满了琳琅满目的杂货。轻轻袅袅的炊烟，从视觉开始，从嗅觉开始，拉开了一天的生活序幕。

天高云淡，这是一个晴朗的日子。

渐次抬头的曙光，在淡蓝色的天空中层层叠叠，散射出好看的霞。地面上，那些默然站立的树，那些岁月相守的暖，让人的心情在清新的空气中，霎时变得无比愉悦。我听到了车水马龙的勤奋，小鸟的喁喳，孩子们的淘气撒欢，一天，就这样活活泼泼地启动了。

再一次，踏上糯黑村的土地。依旧是密密麻麻、高高低低堆砌的石头，还有被石头环绕着的，那片摇曳心旌的湖水，以及那棵眺望远山的树。

清晨，郁雾。整片天空，白茫茫、软绵绵、轻飘飘，像一羽年轻时候的歌谣。第一次看见太阳在云雾里穿行的模样，云动？抑或心动？一块一块由花岗岩拼砌的路面，衬着雾里的太阳、水边的格桑、飘落的银杏、火红的朱柿，共同组成了糯黑的模样——刚硬线条里生长出柔软色彩的彝族村庄。

倚着石头栏，踩着石头路，看着石头屋，摸着石头墙，聆听着猜测着所有跟石头有关的故事。这是怎样一个民族，能够将自己的智慧和勤劳，用一块块沉甸甸的石头，建盖成那样一幢幢一个个经久不衰的传奇。这是怎样一种固执和坚持，才会倾注心血，雕琢匠心，矗立金汤。

石头，在这里得到了最尊贵的礼赞，最神圣的膜拜，最虔诚的诠释，最后，成就了最朴素的民风，最谦卑的耕耘，最古老的图腾。

我慢慢地走着，慢慢地咀嚼着。石头上的一株草，草上的一颗露；树里的一朵花，花里的一只蜂；檐下的一蛛网，网上的一翕翅；阳光下的一道影，影子里的一幅画……全部浓缩在探寻的眼睛里，鲜活着心中的渴望和美丽的向往。

我一直都是一个知足的孩子，一直在自己的青春时光里奔跑，跑过河流山岗，跑过繁华荒芜。如今，回归安静的小村庄，一颗心才释然，才觅到值得托付值得安顿的归宿。

我想，我是属于村庄的孩子啊，我身体的每一个毛孔、每一滴血液、每一寸骨骼，都澎湃着一种原始的能量，那是来自心灵的呼唤，那是与生俱来的一种呐喊，那是渴待已久沉淀已久追根溯源的乡情，终于，可以在朴素的脚印里燃烧，任悲欢在空气里穿行，安静地凝眸，热烈地绽放。

走过太阳，它把村庄雕刻成了两个巨大的影：一幅光明，一幅黯淡。忽然想起一首歌："虽然你不能开口说一句话，却更能明白人世间的黑白与真假……"看着路人逐渐隐没在阴影中，我站在光影的边缘，仔细而慎重地揣摩着人世的纷繁。但，什么才是真正的答案？答案是那线浮出水面的光明，还是隐藏在巨大阴影里的花朵？

短短逗留，目光始终不舍。斑驳的树皮，水面的倒影，飘摇的树叶，所有斑驳的岁月和流光，都定格在这个村庄，也定格在如水的眸子如水的心里。

此时，雾霭早已羞涩地躲避，太阳升得很高，穿梭在眼睛里的波光，正自由地游弋着，粼粼地，折射出一枚静好。

帕连印象

邂逅

这里，就是我一直心心念念所牵挂所歆羡的村庄，去尽铅华，洗尽纤尘，以那种"你来或者不来，我就在这里不悲不喜"的模样，呈给世人一份厚重、娴雅和端庄。

村口，生长着一片老梨树，许是预缘了我们的到来，或是想要给这片村庄披注柔韧的力量，于这个冬天，竟然不管不顾地开出了花，一朵朵，安之若素，心无杂念。

走进村庄，扑面而来的，全是浓郁的艺术气息，从一面墙开始，从一幅画开始，从一行字开始，从一只鸭开始，从一片瓦开始。

空气里仿佛藏躲了一群叽叽喳喳的孩子，他们总会簇拥到你的耳畔，跟你讲述每一个细节，每一笔创意。就像当下游弋的阳光，就像当下夺目的书桩，就像走马灯恒久的眺望，就像从屋顶漏隙下来的艺术光芒。

当下，有胡子哥艺术家为我们讲述着他的初衷他的灵感，他那极富幽默色彩的语言张力，吸引着万物生的耳朵。艺术的东西，总是异曲同工殊途同归的；艺术家之间的交流，总是琴瑟和谐通感交互的。

大把大把的阳光洒在桌面上，把每个人的声音照亮；一朵正值韶华的月季间或点一下头，偷偷聆听众仙家交流；一只迫不及待的小虫径直飞入我的茶汤，为艺术献身。匍匐的微尘，泼洒的水渍，无瑕的照壁，萦袅的烟色……此时，那幅画面，那种温暖，那杵诱惑，那许酣畅，那样的心有灵犀和心照不宣，都在心底落下花瓣，散发着馨香；都在笔下，氤氲成岁月深深处，一页一页最流畅的诗行。

烟　火

活在当下，就是如此简单，像极了村口流淌的白花花的溪水，像极了铺天盖地的白花花的阳光。

一个小女孩，穿着傣族同胞特有的装束，闯入我的视线，黑黑的皮肤，卷卷的头发，羞怯的眼光。她的身旁，还有一坨火塘，一把黑黑的悬壶，一群说着母语咂着烟锅的傣族老乡。此时此刻，似曾相识的微笑和亲切，早已把这个冬天点亮，温煦，质朴，于热情中见真情，于率性中见真性。虽然，我听不懂。

走在少数民族的村落，也走在"旧时王谢堂前燕，飞入寻常百姓家"的民俗民风里。此刻，村里正操办喜宴，宽敞的空地里摆满数十张方桌，男女老少，熙来攘往，沸腾了一个村庄的快乐时光。清昶和煦的音容，临时锅灶的青烟，端茶倒水的吆喝，搛菜送碗的家常——这分明就是自己最喜欢的画面呀，那些由柴薪燃烧出的人间烟火，吼出一嗓子爽朗而诚恳的邀请——

你再不来，我就要下雪了！

相　思

那一年，你匆匆走过，一如岁月和阳光。

阳光的脚步很轻、很柔，生怕惊醒那些沉睡的往事。记忆的转角处，原来就是白云生处的人家，还有柳暗花明的牵挂。

纺织阁里，机杼不言不语，线穗子不言不语，花棉布不言不语，那些曾经编织过的欢喜，停留过的叹息，最终，被岁月缝补成天伦，摩挲成记忆。

一梭一线总关情。我想，织女们一辈子，应该织不完自己的渴盼与相思，而那些细细密密的针脚和颜色，应该始终甜蜜着属于少女的心事。

一杯甘洌的酒，带着乡土酝酿的芳醇。在举杯饮尽的刹那，也饮下前生后世的思念，就在你轻轻走过的地方，必定停留过来自彼岸的眼眸。我至今还是那么任性，舍得把自己醉成一部历史，纵然有泪，也是滚烫的。

一朵月季，守候在主人的家门前，孤独地芬芳着，它在等待什么？是那一年那一束依依惜别的目光，抑或，是那一天那一衫渐行渐远的背影？

奇 石

走着念着，忽撞见一老屋，随之遇见，一块又一块、一堆又一堆石头。石头的形状、皮肤、颜色、脉络以及被大自然鬼斧神工雕琢出来的图案，惊诧了我的眼睛，澎湃了我的趣志。原来，帕连的河水亦能孕育出如此精致又原生态的艺术。不由地想起了《石头记》中的词："一个是阆苑仙葩，一个是美玉无瑕。若说没奇缘，今生偏又遇着他；若说有奇缘，如何心事终虚化？"

一直以来，疼爱石头的我，常常把一块块石头连同那些被溪流被海浪冲刷的记忆，一并带回家。

如今，在帕连遇见了属于这个村庄的石头，也就遇见了一段又一段凸凸凹凹、高高低低、大大小小、林林总总、起起伏伏的历史。

这一次，我虽然喜欢，却不再带走。其实又何须带走，因为我已经把"喜欢"深深地烙刻在这里。帕连讲故事给我听，我认真地记录了下来，然后微笑着，亦讲给你听。

喜欢是淡淡的爱，爱是深深的喜欢。

我相信，这些石头都是有灵魂会说话的呀，只要你愿意聆听，每一块石头都能和你交流、与你默契——

有的是母亲的怀抱，有的是孩子的嬉闹，有的是动物的奔跑，有的是风景的曼妙；有的是层层叠叠的岁月，有的是细细密密的心事，有的是深陷的眼眶，有的是清澈的眺望；有的是无怨的守候，有的是倔强的呼唤；有的安之若素，有的逆流而上；有的大江东去，有的燕子归来；有的灼灼其华，有的默默成殇；有的拳拳忠谨，有的殷殷炽盛；有的心窍玲珑，有的浩浩汤汤；有的轻言细语，有的挥斥方遒；有的是犹抱琵琶半遮面，有的是大珠小珠落玉盘。

一块石头，就是一部历史；

一块石头，就是一个故乡。

情人坡上，芒草摇曳。

离开帕连之前，我把秘密埋进了土壤，我把呼唤交给了远山。原来，我已经把心留在了这里；原来，你已经住进了我的心里……

我的古镇时光

　　偶然，走进惠山古镇，映入眼帘的是高大的梧桐树及一片荷塘。荷塘里的叶子渐次萎谢了，残荷倒影在水中，深秋的风景。今天没有风，水墨平静如镜。偶然，几片枯黄的梧桐叶，飘飘飞飞如枯蝶般落入水面，惊醒几圈涟漪。

　　走在古镇的路边，遇见了一家"风雅陶笛"小店，一个优雅的女子吹着陶笛，那熟悉的《梅花泪》旋律回荡在耳旁，摇曳着沉静着人的心旌和灵魂。

　　顺着古镇的石路一直向前，路的两旁都是古色古香的建筑，我不知道古镇拥有几百年的历史，白墙青瓦棕色窗，上面雕刻了许多精致的花纹。

　　忽然，邂逅一个叫作"孝之行"的别院，里面盛装的是"中国孝文化"。一堵墙，极为雅致，白色的墙壁上悬挂着小小的装饰屏风，上面生机着许多绿植，开着紫色的花，用一种冷静又高贵的姿势，点缀着这样一个古朴又美丽的别院。

　　走进"孝之行"，首先映入眼帘的是五个大字——中国孝文化。上联：父母之所爱亦爱之，下联：父母之所敬亦敬之。在左右的墙面上，绘制了古代 24 孝的故事。每一个故事都警示着今天的人们：长存仁孝心，百善孝为先。

　　我的脚步继续向前，一个巨石牌坊矗立眼前，上联：注礼述经功在千秋华夏，下联：敦亲睦邻泽麻万代子孙，横批：高山仰止。戊戌年深秋立碑。如此标识，该是后人为文化古镇所设立的敬仰和尊崇吧。

走在这个古色古香的小镇，突然想起了那一年的苏杭之旅。就在水乡乌镇的时候，我也看到了那些清一色的古色古香瓦房，同样的，由于受国家市场经济的调控，里面均售卖着五光十色琳琅满目的美食及古玩。

现在走进"博古堂"。博古堂径里，坐落着很大的院落，院落里是极为别致的亭榭楼阁，被素雅的花草点缀得"别有幽愁暗恨生，此时无声胜有声"。同样白墙青瓦棕窗的格局，氤氲着幽静、幽深和悠远的气息。目之所及，全是雕刻着各种精致花纹的石头器皿，有岁月的味道。每个器皿里盛装着清泉，每一束清泉里活泼地生长着水生植物，周遭也都安静着各色各形的生命。中间有一泓池水，倒映着太虚阁。太虚阁，顾名思义，应该是供奉或者纪念太虚圣祖的地方，可以想见，里面应该蕴含着太多博大精深的传统历史文化。池水旁边，是一个长长的走廊，走廊墙壁上悬挂着各路名家的国画。这些色调线条朴素自然的国粹，映衬着古色古香的别院，更加集中体现了文化底蕴的保护和传承。此时，植物、楼阁、水池和倒影，全部浓缩成了微型文苑，净化着也敬畏着人类极为虔诚和慎重的文化精神家园。

继续往前走，我看到一个窄窄长长的甬道，僻静幽深。上面有两个字"太夏"。当然，我不知道应该叫"夏太"还是"太夏"，但我宁愿叫作"太夏"吧，哈，"太平盛世的盛夏"——希望这样安静和平的繁华古镇，将永远定格着一个生机勃勃的夏天。就在长长的甬道里，左右两面墙壁都有了岁月的痕迹，白壁上晕染着墨色和苔痕。头顶上经年的树叶，倒映下斑驳的影，让这样一个甬道始终流淌着不可估摸的深邃。我顺着甬道一直往前走，地上覆盖着一层金黄的深秋的梧桐叶，偶尔被我的脚印踩出几声清脆，这样突起的异响，回旋在肃穆的幽静中，恰似听闻了历史的跫音，让人倏然渗透出一种极为谦卑的渴望，渴望追根溯源，渴望天长地久，渴望觅到生命的永恒。邂逅这样的时刻，也就顺理成章地邂逅一些遥远的文字，我想起戴望舒的《雨巷》，恍然时光倒流、重叠，极细致的光阴故事也开始变得柔软，此时，我走在古老的凤愿里，是不是也可以，可以如戴望舒般，逢了一个结着丁香愁怨的姑娘？

这条路，仿佛没有尽头，我沿着路一直走，一直走。果然是曲径通幽，原本看着已经走到了尽头，却是另一番独辟蹊径豁然开朗，尽头处，另外一条转折的青石道路又继续延展下去。经过了一幢一幢朴素的宅，经过了一扇又一扇古老的窗。上面，挂着积满灰尘的蛛网，也爬满了青色的藤蔓，共同见证着这座宅院的年龄。不知道，当年深闺的主人今夕何在？她的魂魄是否仍在深夜的烛下黯然梳妆？是否曾经也一度潸然泪下翘盼夫郎？她是否能够目睹今日的似水流年？她的眉间是否还深锁着几多的惆怅？俱往矣，却不知今夕何年？倘若她真有不灭的魂魄，是否也能看到如今镌刻了岁月的旧宅，已经覆盖成古老而不再年轻的模样?!

沿着古巷的石板路，我一直不停地走。经过了很多古宅，我看见，每一所古宅都有不同的名字，发挥着不同的用途，或者说，在历史的履历上，它俨然承担着不同的使命，发挥着与众不同的作用，也默默地记录着属于它自己的故事。我默默地记录下它的名字，也拍下了它的照片。

顺着"人杰地灵"的牌坊，只是一瞬间，一个幸福的转角处，兀自出现了一条运河，我不知道她的名字，但是她清澈的水波和五光十色的光影，确实令人心旌摇荡。我看见无数细细密密的水波，看见众多弯弯曲曲的古桥，看见了桥下的船，看见了河边的树，我看着河边的人们悠闲地喝茶、聊天、打牌，看见年轻人脸上彩色的笑容和幸福的牵手，当下，是如此缓慢的时光，随水流流淌，我想，这就是我所向往的自由的生活。

走过小桥，我情不自禁拍下了一种油画般艳丽的风景。走过人群，我看着他们的笑容，心就会变得更加安静。我一直不停地走着，一直不停地拍着，拍风景背后所蕴藏的一个个人杰地灵的故事，以及跟这个古镇有关的一段段鲜为人知的历史。

起风了，风把水面吹出了一圈圈一层层的涟漪，这些有尾巴有鱼鳞的涟漪，是不是就是这个古镇的故事，每一道皱褶，都能映射出它的厚重，它的清澈，它的唯美，以及它所见证的风风雨雨和阴晴圆缺。

我的眼前，出现了一个牌坊，叫作"漾水"，好美的名字！莫非，这条河就叫"漾水"，一条荡漾着故事的水，一条飘漾着悲欢的水，一条浩漾着生命的水……树亲吻着水，桥依傍着水；水滋润着树，水也灵动着桥。透过桥身，透个桥影，透过树身，透过树影，我仿佛看到了一幅生机盎然的画、一首婉约空灵的诗。这个画面是如此的安静和谐，也是如此的自在美好。此时此刻，面对着灵山秀水，我仿佛又回到了那个季节，回到了江南水乡，回到了苏州园林，回到了我们的乌镇，鸟儿翻飞，万物葳蕤，绿色渗透着绿色，轻盈蹁跹着轻盈，自由追随着自由，浪漫缠绕着浪漫，这，是怎样的一种行云流水的惬意呀！

看着那一个一个一级一级通向水面的石板阶梯，我的心，忽然变得柔软。我忽然想起了那一年那一季，那个穿着一袭红裙的恰似江南采莲的女子，安静坐在水边，轻轻地，用手抑或用脚拨弄着水面，那个时候，水亦温柔，人亦温柔。那个时候，女子一抹略显羞涩的笑容，被夕阳点缀得恰到好处，婉约着美丽，朴素着优雅，精致着兰心，灵动着诗情。那个时候，我不停地按动摄影快门，唯担心，遗漏了那样一个清澈的故事，失落了那样一幅纯真的华年。那幅画面，至今定格在脑海，定格在乌镇，也定格在这样一个甜蜜的无锡水乡。

斜阳，逐渐西沉。

我走在空旷的古镇中央，夕阳把我的影子拉得好长、好长。突然间，就生就了一种人去楼空的悲伤。或许，我的执念太过于苍茂；或许，我还想在这古镇的某个罅隙里，寻到一些曾被故人遗落的细节和一串一串琥珀般明媚的守忘。它能给我什么启示呢？是千百年来一个旧人痴狂的梦想、倔强的期许？还是千百年来，那些不曾停止的脚步，和一直苦苦追逐着的答案？答案，就夹藏在白壁乌檐的福祉下，烙刻在青石路面的脚印里，晶莹在漾水河面的皱纹中。

繁华如织的人流，已开始渐次散去。我突然发现，不知什么时候，身旁已开始安静，开始出现一种原始的辽旷。面前，出现一个没有镌刻任何字迹的牌坊，那个高高矗立着的石碑，我不知道代表了什么，抑或警示着什么一言难尽的过往，会不会也像武则天的陵墓一样，历史的功与过，故人的悲与欢，所有冠冕堂皇的炬盛和分崩离析的没落，都留与后人去评说。

漾水的渡头，安静着一艘空荡荡的乌篷小船。我不知道，曾经的船头，有没有停留过飘逸过一袂"才下眉头，却上心头"的罗裳。

黄昏的天地，逐渐暗淡。偌大的古镇街道上，只有我和我的影子相伴。我抚摸着那些古老的墙，心疼地凝视着，那些被岁月雕刻成故事的寂寞时光。

　　此刻，该和一些什么作别了吧！就像当年的徐志摩一样，站在忧郁的康桥水边，轻轻挥一挥衣袖，不带走一片云彩，然后，把太多的相思、太多的祈祷、太多的祝福，极慎重地写在逐渐云淡风轻的天上……

　　再见，古镇！

　　再见，我的驻足时光！

岁月的清隽

有一种生活格调，叫作民宿。

宠辱不惊，看庭前花开花落；去留无意，望天上云卷云舒——这是石林彝族第一村给人的诗意印象。

唯美，脱俗，一尘不染的雅致，一尘不染的热情。月季树下的松果，佛甲草里的石块，树根上的油画，泥陶上的草绳，处处可见匠心。

风在，阳光在，春在，岁月在，我在，你还要怎样更好的世界？你还要怎样更美的陪伴？

房间古朴不失清雅，青石垒砌的盥洗台，看似粗陋却尽显厚重与关怀，当清流淌过脸颊，落入石盆，发出轻快的潺湲声，恰似置身高山流水，如闻自然天籁。

桌上、地上、顶上、墙上，一枚桃枝、一个草墩、一盏走马灯、一幅农民画，再点缀大大小小的绿植，画龙点睛，恰到好处，方寸之间，自有乾坤。

于无声处听惊雷，于无色处见繁花——彝村民宿，没有旋转喧哗的霓虹，只有沁人心脾的宁静，在岁月的映衬下，让人重拾简单纯真，这就是最好的生活。

何需寻芳？下榻时光本就如同花蕊中的小憩。

何需追云？它们就在窗前日夜悠游。

泥壶醇香增诗趣，瓷瓯碧翠眠忧欢。此时，你只需冲泡一壶香茗，极慎重地斟在一只洁白的杯里，看清气袅袅，听梵音簌簌，然后温暖每一个心事皎皎的晨昏。

对于生命里的每一朵遇见，我都充满虔诚与欣慰。或盈或缺，月就在那里，不悲不喜；或见或不见，人就在那里，不舍不弃；或来或不来，返璞归真的日记就在那里，不忧不惧。

走在如此清隽的时光里，不知不觉，你成就了岁月的宁静致远，岁月缱绻了你的诗和远方。

许你一场盛世烟火，一起看繁华落尽，品细水长流——你若盛开，蝴蝶自来；你若不来，我便不老。

西藏散记

遥远的西藏，犹如浩瀚的宇宙般辽阔、深沉、高远、神秘——世界屋脊的壮美、藏传佛教的深邃和悠久独特的文化，总让人产生许多遐想与震撼。如今，怀着虔诚和敬畏的心，我终如愿以偿，随梦想一起踏上这片土地。

拉 萨

车在山间蛇行，风从山坳吹入河谷，荡得拉萨河波光粼粼。白色的拉萨大桥以简洁的跨越，跳过河水直奔拉萨城区。拉萨——西藏的首府，地处祖国的西南边陲，在雅鲁藏布江支流拉萨河北岸。那高耸入云连绵不断的山峦团簇着拉萨，使整个城市恰如母亲襁褓中熟睡的婴儿，安静也甜美。太阳，把明丽的光辉洒向这颗高原明珠，使拉萨博得"日光城"的美誉。

布达拉

据说，早在1300多年前的吐蕃王朝松赞干布时期，藏王松赞干布为了迎娶大唐文成公主，结束游牧生活，便发动藏族人民建起了这座古城。布达拉宫几经毁损、重建，目前主楼高达117米，共13层，由红宫、白宫两部分组成。红宫是历代达赖喇嘛的灵塔殿和各类佛堂，白宫是历代达赖喇嘛起居和理政的地方。宫内陈设着的大量珍贵文物和壁画，让人不得不惊叹1000多年前藏族人民的伟大智慧和高超艺术。

胡 杨

由于海拔高、无污染之故，目之所及，辽阔而清晰。天空蓝得没有任何杂质，仿佛触手可及。随处可见的胡杨树，金黄成一片风景，落英成一派秋色，那笔直不阿的身躯，恰似一排排威武的勇士守护着这片净土，而由此衍生的民族精神，更捍卫和升华了藏族文化。

风过处，掀起一叶一叶，满眼深深浅浅的黄。黄得灿烂，黄得耀眼，黄得——让人闭上眼睛，心里同样聚合着明亮着无数轻盈优雅的太阳。

落叶归秋。落秋，一层恬静的安详，一波柔软的温暖，一种极致的美，给人丰腴的欢乐和悦目的遐想。

牧 场

连绵不断的雪峰，错落有致的毡房，一望无际的草原，温驯游走的牛羊，还有缎带一般蜿蜒无尽的河流，在阳光下汩动着清灵的圣洁和虔诚的向往。

蔚蓝的天空，一尘不染的天空，无论仰望多久都不生顿倦。而我想：如果将那温润无际的蓝色融入心窗，那么此刻在阳光下熠熠闪亮的眼睛，必是两泓澄澈无瑕的蓝湖吧；若将那馨柔宁静的蓝色放逐时光，那么明天在怀想中单纯快乐的记忆，必是一段绵长芳馥的蓝事吧。

十月的草场，早已染尽深秋的颜色。而我想：等来年，脱下御寒的霜衣，那些在牲群口中清甜脆嫩着的，必是萋萋无垠的芳绿吧？!

纳木措

纳木措，世界上海拔最高的咸水湖，一个我所见过的最蓝最美的湖。"措"在藏语里是"湖泊"的意思，纳木措，即"天湖"，湖区面积近 2000 平方千米，平均海拔近 5000 米。冰莹蓝洁的湖水点缀了雄奇拔峻的山川，为高原藏家孕育了无数生机、神奇和礼赞。

湖身无限延展，辽阔而美丽。湖色由浅到深，由淡绿到湛蓝，点点涟漪牵引水色渐变，仿佛一只隐形的手正轻轻抒展天然的绸缎。那一刻，纳木措、唐古拉山、藏獒、牦牛、白毡、转经筒和铺及脚下揽客的天珠、绿松石，流彩成了一幅苍阔唯美的画面。

蓝的天、蓝的湖、蓝的风、蓝的歌、蓝的憧憬、蓝的眼睛、蓝的微笑、蓝的心情，一切都是干净、无瑕和纯粹的。

高崖之上，经幡俱舞，你尽可恣意地捕捉、领略和享受那一片摇曳心旌的蓝，亦梦、亦真、亦幻……

天　路

没法阅完所有景致，没能参透所有禅机，却不得不登上长长的列车，于"天路"返回故里。那一刻，挂了一个惜别的祝福在嘴边，也留了一束遗憾的祈祷在心底。

天路，青藏铁路——世界屋脊毗天之路，途经羊八井、当雄、那曲、安多、五道梁、不冻泉、格尔木、青海湖……由车窗向外瞭望，景物隐绰斑驳。须臾之间，心事恍若天际，开始云涌起淡淡的离愁，渐聚渐沉，愈思愈浓。

窗外，山岚骤起，笼盖四野。不知何时，眼角白雾氤氲，迷蒙也酸涩。光阴一如白驹过隙，转瞬即逝，青春在属于中年的铁轨上奔跑，飞快地向后躲匿，直至消失。

长长的天路，再也寻不见来时的影。忽且，就有滚烫的忧伤滑落，灼痛了深秋的记忆，泥湿了深秋的旅途。

无可奈何花落去，似曾相识燕归来。我，还是从前那个不谙世事又多愁善感的孩子吗？

那个月满时倚窗凝望的孩子？

那个看盏间笑语飞扬的孩子？

那个船舶上枕舷听海的孩子？

那个交际中谈吐如流的孩子？

……

常常，给自己戴上一副故作坚强的面具，总在人去楼空时，悲从中来，拼却一醉，醉了心、醉了情，醉了梦、醉了愁。

列车徐徐前行，没有一刻停留。

拉萨的阳光、布达拉宫的眺望、扎什伦布寺的祈祷、日喀则的河床……所有的一切全都驻足身后，肃穆成一隅美丽，诵念为一符安详。

追　忆

再度睁开眼睛，天路上开始覆雪，纷纷扬扬，飘飘洒洒，于广袤的天地间，翩跹成洁白轻柔的诗行。从前尝雪，尝出一袭履痕的快乐；如今看雪，看出一片无边的怅惘。

日以夕暮，余光渐合。

淡蓝的风夹杂着细碎的雪，于旷野中游走，踌躇也彷徨，不知所向，不知何往。

长长的隧道，长长的影子，长长的怀念，长长的尘事。依稀仿佛，又见那山、那水、那寺、那人……

一切如此真实，一切又如此虚幻。

而我想，人总是需要用回忆来填补空白的，回忆联结着渴望与失落，渴望着重回美好的情境，也失落着它的一去不返。

其实，旅途的悲欢已经不重要了。重要的是，当下如何自处，如何释然。

一如跃窗而过的风马旗，如果我认为它只是流动的彩色的风景，那么它就是一柄柄普通又迎风招展的旗；如果我认为它是一种文化一个历史的缩影，那么它就代表了整座高原整片圣藏的神秘和美丽。

一如奔跑如梭的青春，如果我认为它只是绵长流光中颓唐疲惫的身影，那么它就是一个寂寞又悲悯的角色；如果我认为它是成长岁月中一粒光洁饱满的种子，那么纵然凄风苦雨，它也能茁壮成一帧不朽的图腾、屹立成一尊不屈的丰碑。

天路无语，暗夜无眠。

走过去，前面是朗朗晴天……

红河谷

一切整装就绪，出发。

此行，应该有很多美好的遇见吧——关于红河的传说、红河的图腾，红河的皮肤、红河的颜色，红河的咀嚼、红河的体验。

总有一幅温暖，容易被记忆触得生疼。

翻过山，越过桥。一幅幅跃马丹青的绿色，恰似大把大把的青春，在游走，在川流，在奔跑。那些山沟沟的树，草坎坎的花，土滩滩的石，乃至葡萄酒的红，过桥汤的黄，滇越路的尘，秋雨书的叹，一定，一定有我想要寻找的故事。

世界打开一扇窗，我的书页也就翻开了古老的红河画卷。

（一）

秋雨书院——每每提及这个名字，脑海里总会浮现出忧郁萧瑟的画面：一层秋雨一层凉。可是此"秋雨"非彼"秋雨"，毕竟，我屏气踏入的是或涟漪着或澎湃着书卷气息的文坛大家之苑。

一次观摩，一次体悟，一次遇见，也拉开一场文化"苦旅"。

一本国内已经正式出版的最大尺寸的书，重约50公斤，囊括了余秋雨先生的墨宝，横撇竖捺弯勾，在裁剪过的射光灯下，一笔一划，渗透着中国魂。当然，我很惭愧，我其实未谙此门道，斗胆评说，属实是对大家之作的亵渎。我只会用一种小众草根文人的眼光去捕捉去揣摩每幅墨宝背后的凝神静心和气运丹田，那个时候的秋雨先生，一定心点墨莲，胸流诗意，然后笔运千钧，自成大观。毕竟，秋雨先生是著名作家，文字于他，已经是根深叶茂的老朋友，彼此交心得很！

来到东风韵艺术小镇，邂逅文创集市、熊庆来 π 书吧、国际象棋园、土著巢、万花筒艺术馆，这些琳琅满目的组合，流淌成现代化国际化的彩色音符，始终响彻在唯美的上空。额，这是原生态的艺术，我必须要用眼睛去听。

东风红拖拉机的诞生，扯开了 1958 年的气派，那个时代农耕已经不用牛，我木木地傻傻地点赞，一声"哇塞"，拉开了一段又一段，关于 1969 年在东风农场绽放的青春。那个时候，"红土寄托知青梦，稻花香处葡萄甜"，短短两句评语，将国营弥勒东风农场的昔日历史辉煌再现。

走着，遇见"千人合唱泥塑"；

走着，遇见"半朵云艺术馆"。

此刻，遇见一排排笔直的白色的树，它有着一个好听的弥漫香气的名字"柠檬桉"，这让我想起了那一年西藏之旅所看见的胡杨，威武，自信，不卑不亢，树身树冠始终昂然朝天，如火种，如信仰。

最后，遇见"美景阁"，遇见铺天盖的飘香藤花墙，一朵朵精致美丽的红色花朵摇曳生姿，动人心魄。这个时候，正好有阳光穿过，无端地，总让人怀念青春，想起那些细细碎碎斑斑驳驳的葱茏阑珊。

据说，正是云南省著名雕塑家罗旭先生的无上杰作，成就了东风韵小镇的美好，他那脑洞大开天马行空的灵感创意，始终充满了童话色彩和艺术光芒。

（二）

国立西南联大蒙自分校纪念馆，一幢漂亮的米黄色建筑，坐落于南湖湖畔。1937 年抗战爆发后，中国的精英志士为保存中华的文化和教育力量，由北大、清华、南开联合组成临时大学。在这里，朱自清、闻一多、冯友兰等一大批著名学者留下了熠熠闪亮不可磨灭的记忆。

遇见南湖短诗——

"我远来，是为了这一园花，你问我的家吗？我的家就在辽远的蓝天下；我远来，是为这一湖水，我走得有点累，让我找着湖水睡一睡，让湖风吹散我的梦，让落花堆满我的胸，让梦里听一声故园的钟。我梦里沿着河堤走，影子伴着蝴蝶柳，向晚挥动我的手；我梦见江南的三月天，我梦见塞上的风如剪，我梦见旅途听雨眠……"

诞生在南湖边的诗，真美！

素来视文字为珍宝的我，沉醉在前人留下的瑰丽诗境里不可自拔。那就让这一株文学火焰树熊熊燃烧吧，燃烧在每个西南学子的心中，燃烧在世世代代传承的火炬里、目光里、走马灯里，成为坚不可摧的奋进力量，这也正好印证了费孝通老先生意味深长的 16 字箴言－－各美其美，美人之美，美美与共，天下大同！

色彩斑斓的故事，倒映着一幅幅美丽的憧憬。

我在红河谷的脚步里探索、思考、成长。我聆听着每一幅画面和厚重的笔记，我仿佛看见青衫下的铿锵和振奋，每一步脚印充满爱国主义，每一幅油彩绽放着梦想旖旎。就像那位一路同行的文艺女子，时常眺望着远处的山水，而在某一刻，她也自成为一道风景，凝神聚意的眉目，散放着缪斯般光芒。

（三）

碧色生活，点亮诗意的栖息。

这里，真的就是诗和远方。"碧色寨"是一座充满了穿越想象的车站。但凡捕捉到的故事，都能成就一个作品，文学、摄影、音乐，甚至可以是那部叫做《华芳》亦或跟《芳华》媲美的影视。据说，掌握列车过境时间的村民，习惯性坐在铁轨边上唠家常，而对于天真无邪的孩子们来说，那些长满狗尾巴草的寸轨和带着列车体温的石头，也就成了他们任性撒野的"淘气堡"。

有时候，久居碧色的老人们，也会情不自禁地走到游客中间，给大家讲述一段段与车站有关的往事——已经过世的文物管理员杨国柱老人、曾经的火车站站长邹麟昌、火车司机张金亮、铁路修筑者赵振强，还有碧色"吉顺祥"商号后人肖宗武、祖父到碧色行医的陈顺昌，还有滇越铁路文物收藏者郭永健，以及年轻时在碧色寨当过挑夫的王家贵、李福云、张光亮等老人……他们行走在碧色时光里，在火车站的流光碎影里驻足，述说着年轻时亲身经历的故事。他们大多都是自祖辈开始，就从省内外各地来到红河谷闯荡，成为真正见证和诉说碧色寨历史的"代言人"。

如今，已经活化利用的碧色遗产，也正兴旺热闹着1910街区。那些远逝的轰隆声、呼啸而过的鸣笛、生锈的米轨，以及保留完好的北回归线标记点、百年水塔、火车站四面钟、警察局、法国员工宿舍、哥胪士旅馆……所有古朴的画面，让我们在脑海里，早已鲜活出一幅一幅值得穿越的轨道时光。

（四）

"艺工坊"和"西空间"，一个让人充满遐想都世界。

往事越千年，在历史的溯源里，我仿佛看见 1200 年前唐元和年间，南诏王朝在一个被称为"步头"的水泽之滨，修筑了一座名为"惠历"的城池，这就是建水古城最初的雏形。一个个特色鲜明的文化小镇，氤氲着云南最大、时间最长的陶瓷风景。

须臾间，国家非物质文化遗产建水紫陶，从历史的深处款款而来，从明清时期滇南文献名邦到今天的中国历史文化名城、国家级重点风景名胜区……建水秉承了 1200 多年的历史文化，依托独特的产业区位、人文生态优势，顺势走在新时代前列，各路荟萃的大师名匠，也在用心用情打磨着精致又美好的光阴。

走在长满扶桑的小路上，广慈湖倒影着历史的痕迹，我也在类似重叠的故事光影里，寻找着前生后世的记忆。

此刻，我们来到一个古朴雅致的村庄"团山村"，这里依旧完整保存着 19 世纪原生态村落的风貌特色，被誉为"云南最精美的古民居群""云南楼兰古城"。据悉，2006 年正式入选世界纪念性建筑遗产保护名录。张家花园、皇恩阁、乡会小屋的视觉传达，满满家乡的味道－－突然发现，这里的鬼针草开得很漂亮，这里的玉米挂很饱满，这里的茨菇田很茂盛，大片大片的燕尾状叶子，铺天盖地，绿成一大幅悦目的风景。

行走在弯弯曲曲的小路，看着无边无际的绿意，心里自是欣喜万分。纵然荷叶已凋零，却有一种陈旧枯萎的美，那是一番别样的意境。我从来不曾知道，也不曾想过，波斯菊和大朵大朵的鬼针草，也能成就一幅朴素温暖的画面；我不曾想过，这样层层叠叠的质朴和美丽，也能瞬间打动并俘获驿动的心。

走在阳光下，走进阳光下的村庄，我的心突然很安静、很虔诚，仿佛回到了过去，回到故土乡情，触摸到温暖的云。或许，远离田园太久，我着实喜欢这样的去尽铅华返璞归真，喜欢这份宁静祥和。我喜欢自己所涉足的每一寸光阴，可以真实地奔跑着、端凝着、拍摄着、记录着每一行脚印、每一根圆柱、每一片青瓦、每一面墙壁，以及，嗅过的每一朵花，飞过的蝴蝶、飘过的青春，还有许多无边无际的憧憬，正骑着扫帚，飞过星期八的海洋，飞过年轻的眼睛和笃信的脸庞。

我仿佛，好久没有如此一鼓作气的创作热望与激情，在鸽哨飞翔的天空下、浮动暗香的池塘边、金色油彩的玉米地、缕掌摇曳的茨菇田，任表情英姿勃发、生机盎然，任性情自由绽放，恣意歌唱。

这些故事，都与红河谷有关。

这些故事，都与我有关。

此刻，家就在前方；

此刻，我就在路上。

爱的老情歌

有一首歌
总在心底流淌
所有质朴与浪漫　　　　无比清澈的盈眶
都被岁月雕刻成　　　　曾经
古老的月光　　　　　　有个笑容
那些从记忆罅隙中跑　　隔着河岸
出来的花香　　　　　　裹着忧伤
足以安慰　　　　　　　始终 站在来时的路上
　　　　　　　　　　　四顾张望
　　　　　　　　　　　……

那片海

引子——

曾几何时，收到朋友的信件。没有任何赘语，只是安静地为我讲述——关于那片海和那个人的故事……

标题：那片海。内容：那片海。所有机缘巧合的相识，所有洁白欢乐的相聚，所有朴素细致的悲悯，所有浓烈跌宕的别离，全都围绕着倾诉着那片海。

那片海，那片蔚蓝的海，那片寂寞的海，那片沸腾的海，那片深邃的海，那片无垠的海，那片沉默的海。

（一）

告诉我这个夜会不会梦我？

是不是梦里的我不再让你难过？

是不是她比我坚强比我能让你幸福？

我要你明明白白回答……

朋友的心事、朋友的情感，一如海浪的歌声，久久地萦绕在耳畔。可是，朋友不曾知道，就在 20 年前，我也曾写过"那片海"的文字；朋友不曾知道，在我内心深处，同样保留着起伏着澎湃着那样一片海，那样一片曾经为我歌唱为我流泪的海。

只有短短一瞬，往事流光碎影般汹涌而来，和朋友笔下的海浪重叠在一起，点燃了从前那段听海的岁月，潮湿了曾经那双看海的眼睛。

朋友打开一扇窗，我看见了那片海。可是曾经的你，曾经跟我一起欢笑一起歌唱的你，曾经陪我一起喝醉一起流泪的你，于今夜，看到海听到海了么？

（二）

> 告诉我这个夜会不会有我？
>
> 是不是除了我你心里还有别人？
>
> 是不是她比我温柔比我能让你快乐？
>
> 我要你轻轻松松回答……

19 层楼的那扇窗，依旧还亮着灯吧。20 多年前，一个 20 岁的青涩大男孩，是否还如剪影般站在窗前——遥望夜色中的灯火，遥望月色星光下的水面，然后闭上眼睛，伸出双手，触摸，夜风中浓得化不开的幸福。

那个时候，你在我身后忙碌着，为我削一个苹果，然后切成一片又一片；给彼此斟一杯佳酿，酒光映红了我的微笑你的温婉。那个时候，VCD 碟声正透过音响，任由韩红的"那片海"在客厅的每一个角落回荡。那个时候，透过精致的鱼缸，你快乐地指给我哪条叫"孔雀"、哪对叫"神仙"、哪些叫"斑马"、哪群叫"月光"。那个时候，我以为幸福被自己抓住了，于是，忽略了"那片海"的背后，还沉默着无法窥伺的离别和怅惘。那个时候，透过清澈的鱼缸，我看到了一个神奇的童话世界，却始终看不到爱的结局和答案。

（三）

> 曾经的海枯石烂一转眼就上云天，
>
> 何必再想何必再说那一段尘缘；
>
> 曾经的忧伤寂寞一转眼就上云天，
>
> 何必再想何必再说那一个冬天……

那一个冬天，那个冬寒将尽未尽的时节，那个迟暮将尽未尽的黄昏。我们坐在滇池边的堤岸上，一起看海、听海（是的，朋友说的没错，对于从未见过海洋的云贵高原人来说，但凡看到较大的湖泊，我们常常冠之以"海"）。那个时候，斜阳西沉的天空中有风筝和鸥群飞翔；那个时候，身后的别墅群有一个好听的名字叫"听涛雅苑"；那个时候，一月的樱花开始放肆地盛开，轻轻柔柔纷纷扬扬的落红，燃烧着我的幸福，也芬芳着我的爱恋。那个时候，海浪依旧微笑依旧，落樱依旧牵手依旧。那个时候，我以为抓住了幸福，于是，忽略了那片海的背后，是一段没有承诺的相知和相守；那个时候，我以为留住了永远，却忽略了渐行离去的身后，落英早已急急如雨，缤纷成一地的愁。

是巧合？是刻意？是年轻？是命定？浪漫的爱情，在海浪翻卷的呼唤中，在樱花飘飞的寂寞里，始终看不到也听不到，即将来临的哭泣。

（四）

> 你看那花儿都谢了，
>
> 你看那海儿都哭了，

你知道我会永远永远，

等你给我的回答……

离别如期而来，偌大的城市忽然就找不到自己的存在。大学毕业定向分配的我，必须返回原籍；而你，注定留在昆明，与你的城市你的家人相依。离开了你，我不知道生命还有什么意义，但我答应你，一定会照顾好自己，然后逐渐尘封，那些清澈的眺望、安静的哭泣、腼腆的幸福和温暖的醉意。

于是，我答应自己——一定要去看海，看真正的大海，然后，把你潇潇洒洒彻彻底底地忘记。

一个阴霾的午后，我拖着沉重的脚步走向舷梯。缓缓回眸，最后凝望一次遗落身后的繁华，以及那个从此不再出现的你。飞机轰隆直上，穿越雨云，我的心开始撕裂般疼痛，犹如窗外呼啸而过的黑色的风。悲伤空前蔓延，无边，无际。

当飞机终于挣脱雨云的束缚，阳光铺天盖地，突兀白亮得灼痛眼睛。脚下，是厚重的云，一如沉寂的心；顶上，是蔚蓝的天，一如浩瀚的海。

海，那片海。当飞机着陆大连机场，当的士载着我抵达码头，当我第一次迎着海风近距离地看海，那许随着浪涛激荡心旌的不是振奋不是喜悦，而是巨大的孤单和苍白。

亲爱的，我终于看到了海听到了海，可是，我又该如何放下，那片浓缩在海风中的苦涩和悲哀？

（五）

让我们忘了那片海，

让我们来世再重来，

> 让我们一生一世
>
> 生生世世永不再分开……

游轮鸣笛起锚，载着漂流的心驶向另外一个陌生的城市——烟台。无心流连海滨城市的风景，只想一直一直蜷缩在船尾，安静地咀嚼海风的气息，海洋的味道。夜幕逐渐降临，脚下的大海由深蓝到碧绿再到漆黑。有一刻，我起身扶舷，看不到世界的尽头，周遭暗流汹涌，吞噬着、嘲笑着我的落寞和绝望；有一刻，我张开双臂拥抱海风，找不到飞翔的感觉，却让疼痛的心更加无助和冰凉。

那一夜，寒冷至极；那一夜，孤单至极。那一夜，陪伴我的，只有不断吹过脸颊留下冰吻的海风、只有拍打船身发出巨大声响的海浪，还有夜空中那轮被海雾遮掩得影影绰绰的月亮。

天幕和海洋，像一块巨大的墨蓝色的玻璃，而我，只是天地之间一颗不起眼的沙粒。当黎明缓缓走来，当阳光轻轻跃过海平线，当海洋回归原始的宁静，当海鸥开始盘旋开始歌唱，我的心忽然变得柔软，那些经夜的麻木、疼痛和感伤正慢慢地消散。是的，爱没有走远，因为有了执着的寻找和温柔的浇灌，我才得以收获单纯的历练和成长的涅槃。

（六）

> 让我们忘了那片海，
>
> 让我们来世再重来，
>
> 让我们一生一世生生世世永不再分开，
>
> 不再分开……

韩红的歌声，依旧在耳边回荡，我的眼睛，像月光轻摇的海面，早已泛开晶晶咸咸的鳞浪——不曾忘记那一年那一天，有一个男孩独上北方看海听海，不曾忘记那一夜那一滴，悄悄遗落在渤海湾里的年少情怀。

许多年过去了，不曾再触摸那片海，不曾再清唱那片海。直到今夜，打开朋友寄来的那片海，拂去记忆中搁浅的尘埃，迎着扑面而来的海风，和着微笑，和着恬淡，在泪光中安静地驻足——

曾经的那首歌，曾经的那片海……

跋涉红尘的毛毛虫

一个絮雨霏霏的下午，我被梨园花色吸引，漫无目的地悠游，淋一淋雨的柔软，醒一醒脑的疲惫。

沿石径而循，习惯性地拿出手机，开始拍摄和风细雨中的斑斓——黄色的雏菊、粉色的格桑、白色的醉蝶、紫色的报春、蓝色的鸢尾、红色的大丽……就在青青的世界里，这些一字铺开的任性的小草花，像极了一条汩汩流淌的"彩虹河"。

我小心翼翼地蹲下，极轻地按下手机的快门，生怕，生怕惊扰了那些花儿娇颜带雨的梦。

就在起身的一刹那，我看见了那只毛毛虫，仿佛那些蓦然回首的光阴、那些鲜活纠缠的记忆，又电光石火般，急速地向我皈依。

我看到，一只毛毛虫，固执地，曳着我的衣袖，不顾一切无所畏惧地向上爬。她肤色光洁，周身透逸着淡淡的莹莹的绿。

是花香诱惑了她，抑或是雨滴侵扰了她？是前生后世的思念折磨着她，还是山重水复的红尘坚定着她？

我是她今生寻找的人，还是她就是我前世所邂逅的那只蝴蝶？

她的前世，原是一只蝴蝶啊！

那些花儿，那个笑意，那些盼望，那只蝴蝶……

我知道，在没有经过凤凰涅槃的蜕变之前，你只能，以一种可厌或可怖的形象出现在世人面前。

此刻，你没有睿智的眼波，没有颀长的触角，没有漂亮柔韧的翅膀，你，还不会飞。

你从"庄周"的梦里醒来了吗？你从"梁祝"的传说里走来了吗？滚滚红尘，你究竟跋涉了多少风雨多少渴盼，才走到了今天？

我小心地，将毛毛虫放逐山水，重回红尘。或许，她会继续雕琢花香，她会继续守望眷恋。或许，她会寻找一棵参天大树，在那里栖息安家，在那里，安静地，酝酿一场场相思的雨，然后微笑地吐丝、作茧，然后憧憬着，一个在阳光下自由翩跹的明天。

若有来世，我亦愿跋涉红尘，化蝶，继续追梦……

读你读我的信　懂你懂我的心

午后，天气晴朗，阳光很好。

没有任何预兆，就收到了你的来信及你的诗。

其实，我能读懂你的一字一句，那些来自你内敛的惊喜和温柔的感激。

其实，我只是做了自己喜欢做的事，只是信手铺笺提笔，写出自己小小的祝福，以及散放着淡淡花香的心语。不过就是一封普通的书信，一束平凡的问候而已。

我知道，我是一个知足常乐的孩子。一直以来，内心深处都充满着对生活的敬畏和感激——

其实我并没有太多的奢望，只要身边有你，有过那么一次短暂美丽的相聚，若此，我微笑也珍惜。

我的面前是一扇窗，窗外，流淌着轮廓分明的四季。

此刻，有柔风，有白云，有你在信的那头，聆听我激动和快乐的心。

我一直是个简单的孩子。

喜欢嗅花开时芬芳的颜色，喜欢听落雨时敲窗的声音；喜欢追飘飘洒洒的柳絮，喜欢数星星点点的流萤……

那些个风吹叶落的黄昏，那些个灯火阑珊的街口，那些个雨荷婷婷的湖畔，那些个月夜婆娑的昙香，许多蓬勃的欢乐、美丽的恍惚，许多清澈的遐想、饱满的知足，都让我细萌了一份对生命的膜拜和对生活的感激。我想，我该是快乐幸福的吧，那种羽翼般轻盈剔透的感觉，真的由衷也恣意。

正如童年那日晴朗的风起，正如风中那朵洁白无瑕的玉兰，几线流丽，失足坠下。我惊看着，捧起它，撒开腿，一直跑回家，伸出双手："妈，我拾到一朵花！"……

正如不谙世事的少年，偶然窥见精致诱人的佳酿，觊觎瓶中朵朵细碎娇柔的桂花，伺机馋尝之后，怀抱着空空的酒瓶，醉了少年的歌，也醉了少年的梦……

那些个时候，天很蓝。

云也很白。

亲爱的，跟你说一说那些成长的心情，其实只想告诉你：那些属于我的快乐，真的可以很简单、也很微妙——

它可以是早晨醒来时的第一缕曙光；

可以是被褥里散发出的太阳的味道；

可以是屋檐下绽放出的无数朵水花；

可以是藤架上踽行着的蜗牛的祈祷……

此刻，再度咀嚼你的诗文你的心语，久久的感动，暖暖的欣喜。

忽然想起付迪声、任静温暖相依的牵手情缘：

"你是幸福的，我就是快乐的，为你付出的，再多也值得……"

而此时，我也只想轻轻地告诉你——

你是快乐的，我就是幸福的，为你付出的，再多也值得……

有一首歌

有一首歌，一直在心里流淌。

某个皎白的夜晚，风裹着亥时的月光，在古色古香的小客栈内逡巡。一枚驻唱歌手，如星子般坠入客栈的天井，怯怯又讨好般询问客栈主人，"我不收费，只想在这里练习一下指法和发声，不会打扰客人！"主人热情好客，甚至是极为豪爽地让歌手入座，旋即邀请入驻客栈的客人到天井抒怀，用音乐煮酒，点亮"绿蚁新醅酒，红泥小火炉。晚来天欲雪，能饮一杯无？"的质朴与浪漫。

歌手戴着"斯特森"式的宽沿高顶毡帽，束着一鬏头发，帽檐有些长，遮盖了大半张脸。摆好造型，调音，和弦，运气，发声——熟悉的旋律，仿佛来自遥远的记忆，如月光般流淌、花香般蔓延。

"在我的怀里，在你的眼里，
那里春风沉醉，那里绿草如茵……"

只一瞬间，所有的牵挂、等待、祈祷和祝福突然爆棚。

原来，一首歌可以有如魔法般连接上一个人的过去、现在和未来，让人在夜色里俯首，聆听，并产生深深的怀念和感动。那种怀念，无以复加；那种感动，无与伦比。

思念，从岁月的每个罅隙涸出来，从季节的每个角落走出来。这原本就是我最喜欢的一首歌，就似受我指使般，按部就班地演绎。如泣如诉的旋律，绽放出可以微笑的泪花以及无比清澈的风景。

不管曾经发生过什么，遭遇过什么，只要拥有这个弹唱的夜晚，那种年轻时候的欢愉，仿佛穿越前生后世，让所有的人都开始鼓掌，为歌手鼓掌，为青春鼓掌。原来，有一首歌，可以纯粹到古朴，可以简单到心疼。古朴的芳华，优雅的夜色，突然心疼窗外匆匆流逝的光阴，以及光阴故事里，那些略显疲惫并悄悄哭泣的声音。

　　　"月光把爱恋，洒满了湖面，
　　　两个人的篝火，照亮整个夜晚……"

我是一个安之若素的人，一颗小小的水珠也能让我感动。我的悲欢，洇透四季，渗透白夜，最后盈眶成一幅幅或浓或淡的风景。我可以安静地聆听每一个角落发出的声响，每一个人走过的履痕，以及在这些琐碎的细节里停留过的微笑和叹息。

我仿佛看见，年轻时候的我，从懵懂青涩走来，由远而近，穿过如火如歌的木棉，穿过萧萧匐地的蓝楹，穿过时隐时现来自天空来自石头来自蚂蚁的悲欢和无常。

整个天井突然安静下来，所有万物生的耳朵都在聆听那幅遥远又咫尺的白月光。

月光中的歌谣真美，令四下攀爬的野蔷薇镀上皎洁的旋律，花瓣和叶片轻轻晃动，仿佛掩抑不住沉醉，自顾打起了拍子。

我的眼光掠过天井，掠过游走的声音，恰似孤独的火种，照亮苍穹，照亮记忆。

　　"多少年以后，如云般游走，

　　　那变换的脚步，让我们难牵手……"

　　眼睛起雾了。心事，忽然生生地疼——

　　那些羞涩的执着，那些甜蜜的忧伤；那些恍惚的憧憬，那些恬淡的绝望；那些模糊的碎裂，那些透明的疯狂；那些固执的迟疑，那些惶惑的孤单；那些卑微的自信，那些脆弱的向往；那些温暖的失落，那些果敢的牵强；那些认真的消遣，那些美丽的张扬；那些沉睡的尖锐，那些任性的善良；那些忐忑的勇气，那些疲惫的倔强；那些晴朗的交会，那些萧瑟的怅惘；那些风干的祈祷，那些跌宕的成长。

　　是的，很久以前，有一个笑容出现在我的生命中，最后如暮霭般消散。那个笑容，隔着河岸，含着泪光，竟被岁月雕刻成一道难以抚平的伤痕，一段无法释怀的过往。

　　歌手的帽檐依旧压得很低，不知道，他那沧桑的歌声里，是否也包裹着如我一般的忧伤。

　　"多想某一天，往日又重现，

　　　我们流连忘返，在贝加尔湖畔。"

　　今夜，有一首歌，一首心心念念的歌，一首起起伏伏的歌，在古雅的天井里流淌，在冰冷又炽热的梦里流淌……

桃花缘记

人间四月芳菲尽，山寺桃花始盛开……

苍穹，青崖，旷野，桃花；
风起，香洒，尘舞，泪下。
再度倚守夕暮，我终无法释怀——
桃树几经风雨，人亦几度春秋，
竟为何，迟迟不见君来？

独步桃坞，举目遥顾——
但见青崖高耸，峭峰嶙峋，陡壁蟾岩，棱角突兀，
中有藤蔓枝柯，蜿蜒绕行，雀巢鸠穴，隐罅暗藏。
在犬牙侧畔绝岩之上，题有"面壁"二字——
硕大无朋，似雄浑天成；阴阳有致，昭笔力铿锵。
这是父王为欲赴沙场的勇士挥毫篆就励志弑敌的策谕，
这是父王为战事告捷的将军洗礼狼烟坐镇乾坤的诤言。
是为——
临饯谢面壁，义勇凯旋归。
举覆无常道，忠胆振国威。
"面壁"犹在，然父王的将军——我的勇士，却十载未归。

人间四月芳菲尽，山寺桃花始盛开。

桃花正红，尽染相思。
年年岁岁，岁岁年年，
花色几度馥郁几度凋零——
而今，再度艳华吐芳。

柔瓣轻盈，翩跹似蝶；
落英缤纷，潇洒如织。
华贵如我，青崖旁的公主——
彩帛玉项，紫钗霞髻，细绸绫绮，瑾袊罗袂。
忧伤如我，桃树下的女子——
纤体婉柳，兰心胜水，明眸含愁，姣容带悴。

怀想——当年温絮依旧，
感念——最是落红无情。
点点滴滴，往事凝成相思泪；
纷纷扬扬，桃红散作漫天星。

草长莺飞的季节，牵引一春暮色；
面壁石崖，望穿了化石般的眼睛……

夜阑卧听风吹雨，铁马冰河入梦来……

"面壁"——石崖。
远征的将军啊，可曾记得，
临行当晚：
你豪情满怀又怜惜无限，
我幽思万种却微笑如烟。

你道：酬国心，慷慨义，捷报归来聚。
我言：山无棱，天地合，乃敢与君绝。

天为证，地为证，山为证，水为证；
风知道，雨知道，崖知道，蕊知道——
你说过，你一定回来；
我说过，我一定等你。

青青子衿，悠悠我心，
执子之手，与子偕老——
为一段桃花般的尘缘，
我不惜苦守十年。

夜阑卧听风吹雨，铁马冰河入梦来。
黛额温润，冰腮凝玉，渺枕数往，阖睫轻翕。
梦？梦在哪里？
梦里，我是不是真的可以，
寻找到你？
……

公主立于桃坞，隔岸遥望，江水潺潺，芳草萋萋。
勇士金戈铁马，叱咤风云，骁勇鏖战，披荆斩棘。
恍若听见，梦里依稀——
勇士回转，笑归故里。
……

窗外。

窗外正下着细细密密的雨，
桃瓣落了一地，飘散着淡淡柔柔的气息。

人面不知何处去，桃花依旧笑春风……

桃花依旧，人面无踪，
秋水望尽，未及面容。

周而复始的，总是一个又一个朝暮，
迎来送往的，总是一个又一个晨昏。

又及桃坞，又及青崖，
不经意触及的，
还有"面壁"前许下的承诺，
和桃树下埋藏的悲悯。

人面不知何处去，桃花依旧笑春风。
残阳如血，香色胜霞，
黄昏的桃坞，
流动着一种别样的美。

桃花正艳，灿然灼痛人眼，
嫩蕊粉瓣，娇妍欲滴，
暗香浮动，幽馨致远。
一颗水珠从蕊间泫落，
敲醒沉睡的土地，
也潮湿了公主的惆怅。

轻解罗帕，黯撷残瓣，
临风而立，挥洒忧伤。
看江水兀自横流，
看落花兀自飘荡。

我的思念，我的爱恨，
一如桃花般盛放，
于寂寞的黄昏，
宁静而又执着，
凄美而又悲凉。

面壁十年突破壁，难酬蹈海亦英雄……

马蹄声渐次震彻绝壁，
来处，春风蹄疾，卷尘飞扬。
悲惜间抬头，
就有故人归来。

面壁十年突破壁，难酬蹈海亦英雄。
当两骑枣驹疾尘而至，绝蹄嘶扬，
当披甲的勇士策马向前，微笑如阳，
当所有的守候所有的委屈，
和着泪水汹涌夺眶——
我知道：掸尽十年相思，犹盼今日归期。

落马，上前。

老者拱手道：

"公主，大王命老臣与将军接尔回宫，隆庆战捷。"

丞相言毕，捋胡大笑。

笑声中，有桃花坠下，

翩跹着，若蝶。

缓缓举眸，深情凝望——

丞相身旁，将军沉稳有加，锐意不减，

双目炯炯，一如当年。

……

随将军扶摇上马，柔情荡漾，公主腮红莞尔，灿若春桃。

策鞭虎虎生威，战骑滚滚谢尘，

马蹄声声，溅落一地的花香，

缱绻十年忽就明白：

原来"落红不是无情物，化作春泥更护花"。

……

雨夜雨思

不知道为什么，我总是固执地喜欢雨。

雨丝飘飞的时候，总是雨思蔓延的时候。

丝丝小雨，清冷地渗入土地，也渗入太多希冀。

我说过，想要为你写点什么，在这个火把节的周末。

我喜欢黢寒微皱的时刻，喜欢落雨微醺的时分。雨中，有一种情结能让思绪变得更加辽远更加澄澈，让恬淡如柳娴静似月的心湖盈盈地铺满喜悦，让炽热如焰奔跑如潮的胸臆猎猎地充满感激。

我想，那些怜雨惜雨、拈雨尝雨、卧雨读雨的体悟未尝不是一种自在的享受。

有雨的日子，心事很安定，可以朴素地绽放。

有雨的日子，生命很安静，可以缓慢地成长。

我的微笑，或许只因为，在温暖的小屋里冲泡一杯散释着荷叶芬芳的绿茶；

我的愉悦，或许只因为，在雪白的泡沫中伸展一支浸润着薄荷清甜的牙刷。

所有孩子般蓬勃的鲜亮和明媚的知足，所有初恋般优柔的羞涩和热切的感触，仅仅因为，有了夜，有了雨幕；有了伞，有了脚步。

脚步，也能安抚大地的叹息。

穿过雨帘，穿过你的笑语，我读到一种年轻的活力，在五彩斑斓的世界里，无所畏惧。

你把衣袖送给了雨滴，我们从枝蔓下走过，蓬勃的树叶，倾听愉快的憧憬，而伞下的晴空，开始漂白单纯的默契。

夜还长，路渐短。

雨幕中的楼层灯光，是一盏盏幸福的眺望。

摁响门铃。

回眸，伞已远。

微笑依旧爬上眉梢，只为，一段相濡以沫的清唱。

夜很静，也很凉。

我在灯下，编织着轻轻柔柔的字句。

让我想起那个春日，让我想起那次相遇——诗词颁奖会上，你际发轻捋，获奖感言如同细流，自你唇边轻轻流淌，银铃悦耳，清澈透亮。当你坐下，看见眉目如阳的我，似曾熟悉，得知我的姓名，一声讶异，并反复吟哦——原来，你在这里！知道吗？多年前，我就把你的诗夹进了日记……

那天，春雨淅淅沥沥，唱着亲密无间的歌谣，恰似，彼此眼睛里的笑意和默契。

你从春天走来，我从夏天走来；你从白天走来，我从深夜走来；你从诗赋走来，我从往事走来，记忆中回荡着天籁，盛放着自由自在的色彩。

而在今夜，那些关于从前关于春天的芬芳与喝彩，又再次，悄无声息地落满，我们年轻滚烫的情怀。

而此时的窗外，还在下着细细的密密的雨。

太阳味道

记得小时候，妈妈常在晴朗的日子里，将家里的被褥拿到阳光下曝晒。那种停留在褥面上的暖烘烘的感觉，常常延续到熟睡的夜里也不曾散去。

我喜欢这样的感觉，喜欢这样的味道，喜欢把这样的味道叫做"太阳的味道"。

我想：在那些弥漫着太阳味道的夜里，我的脸上，一定挂着软软糯糯的微笑；我的梦里，一定住着层层叠叠的阳光。

长大了，那种喜欢太阳味道的习惯也跟着一起长大。我常常在一种蓬松、舒软和馨香的味道里，寻找着，那个关于童年关于玉兰花，以及关于太阳的梦。

忽然某一天，阳光下走来一个长发飘飘的身影，她有一双明亮的眼睛，和阳光一样温暖，和月光一样安静。

玫瑰，在那一刻，燃烧得如同太阳般灼热，却又散发出另外一种令人着迷的芬芳。

轻轻地，拥她入怀。

蓦然，从她雪白的肌肤、乌黑的头发里，分明嗅到一股熟悉的味道，竟然是——太阳味道。

似乎没有更多的理由，一颗心似乎找到了停泊的港口。

选择，和她组建一个充满阳光的家，家里，时时铺满斑斓的油彩，还有太阳花的味道。

穿过落满丁香的长廊，为你撑开一柄精巧的伞，伞下有你的目光，始终微笑如阳。

呼吸，太阳。

咀嚼，温暖。

后来，我终于明白——

太阳味道，原来就是幸福的味道！

我爱我家

以一种很休闲很慵懒的方式，着一件很柔软很宽松的 T 恤，仰靠在小高层家中的露台。

手上，可以是一杯温热飘袅的咖啡；脚边，可以是几本异域风情的杂志；身后，可以是一只松软卡通的抱枕；头上，可以是一席蓝绒舒展的卷帘。

窗外，一际蓬勃辽阔的绿色。偶有待降落的飞机徐徐掠过，竟然，可以看清机身上的航空字样。

小屋，流动着清新明丽的色彩，满眼都是家的味道，幸福的味道——从厨房飘来腊肉将熟的馋香；白色的茶几透溢着干净的光泽；昨日选购好的粉粉紫紫的桔梗植物，正以活泼热烈的姿态盛放在高脚花瓶里，水色澄澈清亮，间或就有颗粒状的水泡从底部升腾，舒舒缓缓地，将瓶中物写意成一首精致的诗、一支浪漫的曲。

这是我的小家。这是多年来自己梦寐追逐的小家。

小家可以不大，但可以被布置得简洁又温馨——哪怕只是苹果绿的一面墙，哪怕只是墙上镶嵌的一幅画；哪怕只是流线型的幻弧吊顶，哪怕只是顶上镂雕的一盏灯挂；哪怕只是草莓红的套装厨具，哪怕只是烹饪台上方方圆圆的盘碟、晶晶亮亮的刀叉；哪怕只是黑金砂的盥洗台，哪怕只是晾巾架下精精巧巧的皂盒、高高低低的牙刷……小家不大，但明亮亦芳华。

我爱我家——斜倚在宽敞的松香玉露台上，我正满心欢喜地享受着我的小家。

　　放下唇边渐啜渐凉的咖啡，蜷起下肢，就腿铺开一束信笺，再用小桥流水的语言宕开一幅幅明媚的憧憬，蘸着来自时空的那份舒心、来自心间的那份喜爱，由衷地，写下我的快乐我的幸福我的知足。

　　这个时候，就有大把大把的阳光照射进来，愉悦了花架上那群贪婪的或水生或土长的红红绿绿的植物，也愉悦了露台上那颗安静的或欣赏或沉思的欢欢喜喜的心。

　　我只想说，我爱我家。

　　我只想对你说——

　　你希望它用什么样的方式取悦你，你就要用什么样的方式去眷顾它。

迷路的光阴

有一种渴盼

超越轮回与变幻

笔透纸笺　　　　　　一遍遍诠释从前

总是一行行　　　　　那些璀璨无瑕的生命

来自月光星子的思念　原是开在季节深处

时光迷了路　　　　　一幅幅

　　　　　　　　　　细致又婉约的春天

　　　　　　　　　　……

害怕老去

一

曾经，以为自己不会老去——

青春的脸庞，年轻的肌肤，自信的笑容，羞涩的心事……

那个时候，可以放逐所有的天真与好奇，为一只袖珍的蜻蜓而奔跑；

那个时候，可以屏息所有的激动和喜悦，为一朵温柔的夜昙而祈祷；

那个时候，可以洋溢所有的豪情与倔强，为一杯浓烈的家酿而沉醉；

那个时候，可以宣泄所有的欢乐和悲伤，为一个梦寐的身影而流泪……

二

直到有一天，出门不再随意地套上 T 恤穿上牛仔裤，而是中规中矩地擦亮皮鞋系上领带；

直到有一天，走在大街上不再斜挎挂包嬉笑疯跑，而是手持文件夹步履沉健；

直到有一天，遇人寒暄时不会叽叽喳喳满不在乎，而是彬彬有礼握手欠身；

直到有一天，落席就餐时不会狼吞虎咽风卷残云，而是微笑悉听浅斟对盏；

直到有一天，侄儿侄女们满面春风地送来喜糖和结婚请柬；

直到有一天，侄儿侄女们的孩子也开始咿呀学语步履蹒跚……

我终于知道，那些属于我的青涩的俏皮的季节已经走远，那些属于我的忐忑的腼腆、单纯的幻想、咋呼的噱头和任性的疯狂，真的已经走远。

三

我无法停止岁月的脚步，正如，秋天的树叶无法抵御苍白的严寒。

终于，今天的我开始战战兢兢、诚惶诚恐地迎接衰老；同样，深秋的树叶也会纠纠结结、无可奈何地选择死亡。

岁月，就那么悄无声息地，将我原本亮泽的黑发，一根一根，漂染成灼目的白色；也毫不留情地，将蜿蜒细密的皱褶，一条一条，烙上我的眼睛和眉头，刻进我的血肉和骨骼。

面对流逝的光阴，我变得束手无策惊慌失措；

面对生命的驿站，我变得脆弱渺小谦恭肃敬。

瞬息之间，我仿佛看见叶子飞快地萌芽，又大片大片地落下；看见云翳飞快地聚合，又大团大团地疏散；看见日光飞快地陨落，又一线一线地黯淡；看见车流飞快地穿梭，又一辆一辆地消散——最后，人去楼空，只剩我一人站在偌大的城市中央，孤独地歌唱……

四

害怕老去，却不得不面对老去，正如，瓶中那枝开始萎谢的百合，我没有任何办法，可以恢复她的芬芳和美丽。

今夜，月色正好，斑驳了影子，冰凉了掌心，也沉寂了年轻时候的记忆。

我听到暗夜里，有玫瑰哭泣的声音，一瓣一瓣，倾诉着不可抗拒的命运，站在秋寒瑟瑟的关口，一边燃燃织锦，一边萧萧落英。

忽然想起，那首年轻时候读过的温柔的诗，于这夜里，兀自生就了似曾相识的感动和哀伤——

"在古老单纯的时光里 \ 一直有一句 \ 没说完的话 \ 像日里夜里的流水 \ 是山上海上的月光 \ 反复地来 \ 反复地去 \ 让我柔弱的心 \ 始终在盼望 \ 始终找不到 \ 栖身的地方

而在此时 \ 你用 \ 静默的风景 \ 静默的声音 \ 把它说完 \ 我却在 \ 拦阻不及的热泪里 \ 发现 \ 此刻之后 \ 青春 \ 终于一去不再复返……"

那么，让我踽踽入梦吧——怀着谦卑，怀着敬畏，再一次向生命顶礼膜拜。

或许，在那个千转百回匍匐跋涉的梦里，一切都可以解释，一切都可以重来。

蝶　象

一

闲暇的时候，总喜欢坐在落雨的窗前，安静地遐想——想那些缥缈无定的情思，想那些逝去了的不再回来的往事。

有风有花有雪有月的日子固然很美，但昙花一现的美丽之后，接踵而来的该是许多无法细数也无法释怀的记忆。

二

长长的流光中，我想起五岁那年的一场大病。

由于医生的失误，我被注射了大量的“阿托品”（一种药物）。或许，我该感谢那位医生，因为许多年以后我总在想，那些在眼睛里跳跃着的音符和在笔下流淌着的诗意，全都缘于那一年的那一场大病和在那场大病中所产生过的许许多多无法消失的美丽。

过量的“阿托品”抑制了我的神经，让我时而昏迷，时而清醒——或许，那所谓的“清醒”原本就不是真正的清醒。因为“清醒”时，我眼中所看到的世界并非真正的世界，而是一个令旁人无法想象也无法触摸到的虚拟的空间。

医生说，过量的“阿托品”让我产生了幻觉和错觉。

沉沉地，我自睡去。

懵懵地，我复醒来。

剔除灰色的阴霾，忘却肌体的疼痛，恍惚间，我发现这个世界竟如此可爱。

三

你一定无法想象，就在氤氲着天堂般明亮、安宁和圣洁的窗外，所有美丽的日光和清醇的空气，仅仅缘于一个孩子明澈如水的眼睛和那颗温婉善良的心。

我看到医院的窗外，长了一棵繁茂的大树。树的顶上，是一片宁静着的蔚蓝的天；树的脚下，是一片辽阔着的青色的草地。

最为神奇的是，大树的每一片叶子都是一只美丽的蝴蝶——红的、白的、蓝的、黄的、绿的、紫的、大的、小的……蝴蝶的翅膀似乎萤散着精灵般的光芒，五光十色得让人眼花缭乱。它们自由地翩跹着，覆盖成了那样一棵"繁茂"的大树。

我看得呆了，嘴里喃喃直喊——"爸、妈，我要蝴蝶，给我蝴蝶……"

四

当所有的错觉完完全全消退，当神智开始清晰开始苏醒，当我用怯怯的眼光打量着这个陌生而又熟悉的世界，当耳际边回响起父母亲切而真实的呼唤——我知道，我已经走出了那一个弥漫着童话色彩的世界。

我还是那个五岁的我，还要和父母一起过着真实的生活，还要在真实的生活中慢慢地长大和成熟。

窗外，并没有大树。沉默着的，只是一排被岁月剥蚀得伤痕累累的毫无生气的灰黄的房屋。

五

飘雨的日子宁静的心，伴随着柔柔恬恬的风，微笑的思绪，还奔跑在馨馨恍恍的丛林里。

每当我提起笔来，让思想的野马在清灵的往事中横空驰骋的时候，我总会时时记起，那一棵五光十色的"繁茂"的大树和那满树自由翩跹的美丽的蝴蝶……

如梦的故里，阳光依稀。

流连的窗外，酣雨淋漓。

桃烁·桃说

　　曾经，有人告诉过我，她那里的桃花开得好美，开成一望无际的山长水阔；她还告诉我，她那里流淌着"桃花才骨朵，人心已乱开"的形象哲思；我也曾悄悄酝酿，一定要在某个春天，去她那里看桃花。

　　如今，怀揣着大朵大朵并不明媚的心事，我回到了属于自己的村庄。

　　除夕的清晨，沿着铺满鸟语的山路缓缓穿行，寻找着从前的足迹——那个时候，我们亦行走在这条山路，对话自然万物，交流彼此清灵，那是一种如水的修行。

　　蓦然，一棵如画的桃树，灼灼又寂寂地走进眼睛。这棵立春的桃树竟然开满了花色，燃烧着一个村庄的故事。那个朋友的表情愈加清晰，我想起了她和她的桃花，她说，她的桃花三月开。心事，突然变得萧瑟黯然，如季节边缘的风。原来，这样温暖的颜色，也会让人疼痛。

　　站在花树下，我用面壁的思维和理解，用跋山涉水的想象与眺望，仔细端凝这树桃花。不自觉地宕开手机镜头，认真记录下花开的每一个角度、每一寸光阴，那副认真和虔诚，像极了正襟危坐专心听讲的小学生。

　　只可惜，镜头里的景深及色彩，还是缺失一些饱满的光泽。或许誓言太早，或许承诺太迟，可是，牵挂和祝福一直都芬芳在心里，从来不曾淡去不曾抹去。我拍下了许多缤纷，许多光影，许多色彩，许多记忆。也许，现在并不是现在，而是未来；也许未来并不是未来，就是现在；也许誓言也不是誓言，承诺并不是承诺，而只是当下一株简单的颜色，一色卑微的美丽，一丽低回的柔波。

亲爱的你听到了吗？看到了吗？我定格了这树春天全都为了你。而那束悄悄关闭的寂寞的约定，还会在来年盛开吗？

你那里的桃花还没有开吧？我欠你的桃花承诺却早早地开了。开在除夕的早晨，开在突然盈眶的眼睛，开在彼此一路走来的记忆里。

我认真地看着每一颜花瓣，每一瓣飞红，每一朵花蕊，每一蕊心香，每一片新叶，每一叶透明。认真记录着她的哭泣，她的沉默，她的别离。

镜头里的桃花，仿佛失了一缕魂魄，毫无生气。她在等待什么呢？为什么那么矜持又那么沮丧？为什么那么孤独又那么忧伤？灰色、蓝色、黑白色，所有人去楼空苍茫四顾的颜色，全部浓缩成主背景的基调。亲爱的，我该到哪里寻回一段光明一丝憧憬，抚慰你疲惫受伤的心？

带着遗憾，带着愧疚，带着点点滴滴的思念，就在转身蹰别的瞬间，突然，一线来自高高山顶的初阳问候如约而来。那是希望吗？那是转机吗？它照亮了每一片叶子，每一朵花蕊，亦照亮了酸涩的眼睛和心。我惊讶继而欣喜，花色摇曳，花香弥漫，花叶复苏，花树鲜活。亲爱的，你看到了吗？桃花不会始终黯然，她缺的只是等待，只要等待就有希望。

生命无常的定律不正是如此。没有得到的永远是最好的，没有看过的永远是最美的。那么，透过眼前这棵桃树，我仿佛听到看到嗅到了属于你的桃林，仿佛看到你在林间微笑，继而奔跑。

我眼里的花开了，你心里的花开了吗？花开的时候，心自然是柔软的。那么当花谢的时候，也请记得我们的约定，记得再用微笑点亮心灯，点亮修行。花色曾是你眼里最美的风景，那么，微笑必是我心里最纯的聆听。

回望那幅风中景，桃花依旧笑春风。

桃烁，忆象阑珊。

桃说，憧憬绽放。

欢从何处来

有古哲言说："以我转物者，得固不喜，失亦不忧，大地尽属逍遥；以物役我者，逆固生憎，顺亦生爱，一毫便生束缚。"意思是说，若以我为天地万物的主宰，就可以把万物自由的改变使用。这样得到富贵功名不用太高兴，倘一旦失去，也不必沮丧忧伤。无论得失穷富都应心念不动，立于天地之间，便是逍遥自在。

相反的，为万物劳累我身，就是身为物转，人就变成富贵功利的奴隶。处于逆境，心里憎恨和怨念，处于顺境又因喜爱和满足而忘记忧虑，细微如毫的事，都可以成为把身心缠缚而苦痛的根源。

道理是很好的，教导人们苦与乐在于迷与悟，在于役物和役于物一念之间。可是，道理虽好，可天地间凡人者众，能有几人可以达到如此境界？就像人们总会劝慰失意人说"弃我去者，昨日之日不可留"，可他们是否又真的知晓"乱我心者，今日之日多烦忧"。我们终究生于尘世，又岂能不共红尘结怨呢？

如此，世上便有了清欢，有了流连于山水，有了寄情于草木……原本以为，在历尽繁华，痛过哭过，铅尘洗尽之后，可以是不忧亦不喜的。可以在摄影中，花草间，可以在唐风宋月里静守住那缕清欢，可是，可是这份宁静甚至都不愿眷顾失眠的人。

夜很静，不会有人陪我醒着。

我心里其实藏满了渴求，还有米汤那样温凉的忧伤，结着薄薄的盖子。

"人生若只如初见，何事秋风悲画扇。"英年早逝的纳兰是否也会在这样一个清冷的夜里失眠，惆怅又辗转，我不知道。

但是，1700多年前那个叫子夜的晋女，却肯定是午夜梦回后才谱出《子夜歌》的。"欢从何处来？端然有忧色。三唤不一应，有何比松柏？"因为梦中的人都不喜欢说话，即便相顾无言，牵强的微笑，闪躲的目光，却已了然心意。相逢于梦中，不过是相逢了自己，悲哀却又无奈。

"悲莫悲兮生别离，乐莫乐兮新相知"，一语却已诉尽人生悲喜，道破世间炎凉。

欢从何处来？何处是欢，欢在何处？

夜依旧沉默。

却想起儿时母亲教给的一首童谣："金银花，十八朵；大姨妈，来找我；猪打菜，狗烧火，猫儿做饭笑死我。"母亲念一句，我学一句，笑，就在脸上开成了花。

欢，其实是很简单的。但是这么小而遥远的歌谣，触碰到的是坚硬又斑驳的灵魂，像一滴水从石头上滚下去，消失在尘土里。

是的，如果有了一个龋齿的小洞，用甜蜜来填补只会越加疼痛。

拔掉。

一天一天，把世上所有的清水喝下去。

在雨中

雨一直下。气氛还算融洽。

雨中，哪儿都不能去。省思，也许是不错的修炼。虽然不再是等着"太阳雨下不起，青蛙出来讲道理"的年纪，但可以静坐在暑气嫣然的露台上，空翠着未来、暗香着现在、阑珊着过去，亦不失为一种逸趣。

我是七月出生的孩子，我是雨天出生的孩子。我一直喜欢这些清澈的天外飞水——给我带来玉米穗的问候，云翳的幻想；带来外太空的猜测，泥土的芬芳；带来天竺葵的聆听，石榴的羞赧；带来澜沧江的故事，叶脉的歌唱；带来屋檐下的啁啾，磐石的守望……

雨线落在地上，盛开了无数顶皇冠，继而蹁跹出一团团倏然起落的笑意，那是神奇迅疾的涟漪，又是自由潇洒的裙裾。每一朵小小的童话，屏蔽了尘埃的呼吸，一任万物生的世界，还原从前的模样，轻盈无他，年轻活泼，色彩明丽。

我在雨中写诗，亦在雨中寻找着远方。

远方不仅仅是未来，也是从前，不能回的彼时，不可逆的过往。

一路辗转，一路欣赏，一路风雨，一路思量。

我庆幸，我一直是个幸福的孩子，从小到大，没有受过苦，没有遇过坎，就像温室里的小花，被书香熏着，被蜜糖灌着，被慈爱润着，兀自健康地成长，乃至茁壮。可是，我又是不甘平凡的孩子，常常在某个特定的阶段，刻意打破格局，改写行走轨迹，创造一段又一段任性奔跑的人生。

一路寻找，一路倔强，一路揣摩，一路悲欢。

不知不觉，我在一个又一个不同的城市，行走了多年，走过"湖光秋月两相和，潭面无风镜未磨"的笑谈，走过"欲借素笺与淡墨，帘卷西风画愁颜"的蹙叹，走过"令德唱高言，识曲听其真"的神采，也走过"薄雾愁永昼，半夜凉初透"的踉跄。

今天是我的生日，在风中，在雨中，在青翠欲滴的折射中，跟您分享——

一路收获，一路追随，一路虔诚，一路成长。

成长的土壤，离不开故乡。

故乡，写在脸上，烙刻在心上。故乡是我跋山涉水想要亲近的月亮，故乡是那个佛手瓜落下来砸醒的鸡汤。忆起那条小河，忆起长不大的眼光，忆起疼不够的围脖，忆起叩酒叩纸钱的焚香。

雨，轻轻浅浅，落在叶脉上，落在睫毛上，折旧了离别恨的山水，惊艳了细无声的时光，让山重水复的眼神，跟着一起缅怀，一起咀嚼——那些初春的桃花酿，黄昏的仙人掌；那些孤鹜齐飞的落霞，雨润长风的蛛网，转轴拨弦的篝火，黄粱一梦的罗裳。

一路牵挂，一路品尝，一路解读，一路韧强。

生命如同一场雨，虽然有时需要忍受寒冷和潮湿，但只要坚持，透过那些璀璨夺目的雨珠，我们可以探索另一个瑰丽的平行世界——晶莹的娇艳、俏皮的漫游、折述的倒影、迷人的沙漏。

在雨中，从晨钟听到暮鼓，从棋子敲到灯花。

就像此刻，站在新鲜蓬勃的城市，回眸暗香落昙的心语，我点燃一夜烛光，新醅涉雨而沸的红炉，照亮涉梦而开的花瓣，写一笺温儒的字，许一席温暖的诺，盼一靥温柔的容，等一世温婉的你，和我一起，回归诗和远方。

在雨中，给生日一个交代，给青春一个交代。

宿 命

一

午夜。突然想要写一些文字。

可是，究竟想要写一些什么文字呢？自己也不知道。

写那些从窗外飞快地流逝着寂寞着的大把大把的青春；写那些面无表情地敲打着文字凝视着显示屏的公式化的人生；写那些日复一日年复一年的繁文缛节文山会海将我压迫得疲惫黯淡；写那些迎来送往一成不变的仕途风云觥筹人际将心冻结成一块不肯融化的冰。

每天，我目光游移地坐以待毙；

每天，我机械行动地忐忑不安；

每天，我脚踏实地地陷入虚无；

每天，我咬牙切齿地吞噬绝望。

整日整日，整夜整夜，机械地重复着大量的体力脑力工作，有些迟钝，有些麻木，有些疲惫，有些冷……

二

今夜，再度轮我值班。其实值班与否已经不重要了，因为不值班的日子同样需要加班，区别只是：加班到深夜，还可以拖着脚步回家；值班到深夜，必须躺上办公室的床。不过，如果可以选择，我还是愿意加班，因为加班的时候，仍然有一个可以回家的期待，仍然有一个值得盼望的理由。而加班结束的时候，就可以踏着影子数着星星回家，有夜风凉凉地吹来，有往事潮水般铺开，只在那个时候，我才是自由的，才是真实的，才是可以微笑可以流泪的。偶然有车驰过，划破夜的厚重和沉静。那个时候，路灯和我一样醒着，我在光晕中看着前后交叉的影子忽明忽暗、忽长忽短，一如，我那乍喜乍悲、若隐若现的孤单。

这个冬天已经走完，那么明天以后的日子，该是怎样一番景象？那么明天的明天，我该拥有怎样一瓣心情？

三

一年终究是要过去的，我的一年终究是要过去的。

可是，我的忙碌的一年，加班的一年，疲惫的一年，迷茫的一年，孤单的一年，追逐的一年，究竟得到了什么？又失去了哪些？我仿佛是那只迷了路的困兽，只会盲目地拼命地往前冲往前闯，最终徒劳无功，遍体鳞伤，苟延残喘。

我似乎还是那个倔强的孩子，一直站在阴霾的山崖上，看着大片大片黑色的云朵向我飘过来、压下来，我窒息、惶恐、无助、战栗，却始终挣扎着，坚持着，不肯屈服，不肯倒下。我看见脚下，有黑色的悲哀放肆地盛开，一大片，一大片，散发着诡异的香气，吐露着狰狞的笑，那笑声渐次弥漫开去，震耳欲聋。我想哭，却没有泪，我想跑，却发现前面是高高的悬崖，而后面，是早已被黑色吞没了的回去的路。

我茫然四顾，我无所适从。

我，只是一个迷了路的孩子。

四

宿命的当下，我为那些正在消散的生命激情深深叹息，为那些流逝的光阴捶胸顿足，为那些还没有来得及完成的工作而惶恐，也为许多还没有来得及实现的承诺而悲伤——

我答应过同行文友一定要陪她喝一次茶吃一餐饭，我答应过文联编辑一定会认真地填一曲词撰一节章，我答应过同窗好友一定要将他年轻时写下的文字录入电脑编成诗册，我答应过高中老师一定会登门拜访膝下探望……只是简简单单的承诺，却总在许多仓促的敷衍和汗颜的懊恼中演绎成不可实现的奢望。

或许，我的悲伤与忙碌无关，我的忙碌与疲惫无关，我的疲惫与追逐无关，我的追逐与迷惘无关，我的迷惘与寂寞无关。

可是，生命中，确实还有很多东西是值得我满心欢喜地去书写去赞美去讴歌的啊——例如，好朋友突然跑来告诉我，她养护的那盆薰衣草突然在那个刚刚过去的寒冷的季节里开放；例如，周末来临，爸爸会亲自跑到菜场买回萝卜、排骨，为我熬下一锅香香浓浓的热汤；例如，被烟灰灼伤了的深夜，素未谋面的朋友会在电话中为我轻轻柔柔地歌唱；例如，在穿行着车流的同一条街上，我和那个牵挂太久的故交，居然不约而同地捉住了彼此的眼光……

五

今夜无眠，只想写一些文字，写一些随心所欲的文字，然后安静地悼念，记忆中那尾跹舞袅袅的鱼和那帆幽幽泊江的船——这个时候，就有月光流淌进来，遥远的皎洁，咫尺的冰凉。

是的，只有这样的时刻，夜色欲深未深的时刻，冬寒将尽未尽的时刻，我才能紧紧握住最后一个冬天，然后把它安静地写进日记，再锁进记忆的角仓。

葽地，就有遥远的骊歌响起，被月光包裹，一丝一丝，萦绕耳际，安静地诉说着，往事如昔。

今夜，寂寞缠绕。

今夜，月照无眠。

迷雾深深

清晨，雾起，四野一茫解不开的白色。

大雪节令的迷雾，或许深藏着故事吧——我走过铁轨，走过田野，走过石头，走过花叶，走过鲜活繁茂，也走过萧条枯萎。天地之大，仿佛外器世界抑或内情众生都刻满了谦卑的姿态，安静地，诉说着一个村庄的故事。

迷雾中走来的火车，摇摇晃晃，蜿蜒而不可测，恰似，我跌跌撞撞的青春，常常迷失在轮回的四季里，黯淡在纤弱的花香中。有些过往，总是看不清、想不起、剪不断却也忘不掉。漫无目的又绞尽脑汁地搜寻，只觉得心尖上的那团迷雾，幻化成泪，生生地疼。

我心疼冬天的树叶，心疼茴香上的霜泪，心疼被碾过的石子，心疼冰冷的蛛网，也心疼掠过清寂的幽鸣。触摸着一片一片凉凉，原来我真正心疼的，该是涂鸦过的一页一页、一幅一幅，那些锋芒锦绣又茫然四顾的青春。

人不长大，该多好，童年的眼睛，可以骄傲地拥有春暖花开的喜悦和夏雨酣畅的恣意。可惜，人总要走过清秋和冬寒的，一如走过落叶缤纷的人生。

铁轨仍然匍匐在那里，聆听每一块石头的记忆，以及突然呼啸而过的插曲。迷雾深深，心事沉沉，不晓得拨开迷雾后，会不会遇见柳暗花明的风景；会不会找到来时的路径，以及那朵鸟语花香的心情。

寂静的模糊，遥远的怀想。陷入迷雾的当下，就有牛铃摇来，划破厚重，惊扰乾坤。

当村寨开始鲜活，当人们开始忙碌，当牲畜开始觅食，当垅火开始抖擞——这个时候，就有洁白的炊烟从清晨的檐下，徐徐升起，袅袅散开，融进不可知的雾里……

赶 海

看 海

赶海，一直是住在心底，如浪花般最活泼最浪漫的憧憬。只是，在我记忆中，那些为数不多的赶海经历，常常蔚蓝着一个关于韶华的遗憾，陪我一起慢慢成长，静静思量，最后定格成一幅岁月的清隽，偶尔，如秋叶冬岚般，氤氲出一丝"才下眉头，却上心头"的叹惋。

如今，每次看到海，眼圈都会微微泛红，不知道为了悼念记忆里的那片海，还是告别记忆中的那个人，又或许，人和海原本就不可分割，海因人更添情愫，人因海更续故事。

机缘巧合，我再一次看到海。如梦如幻的海水，织锦般绮丽的海面，卷起千堆雪的海风，野旷沙岸净的黄昏，一切光景，恍若从前。潮涨潮落，折折叠叠，就像每个人的心事，也在人生的各处转角，或柳暗花明，或山重水复，或玉门羌笛，或绿蚁红炉，乃至花开花谢，云卷云舒。

如今的我们，在生活的海洋里沉浮了太久，或许痛了，或许倦了，或许懂了，酸甜苦辣淡然，阴晴圆缺释然，悲欢离合安然。那个单纯无忧的少年已然老去，只想陪着从前，沿着沙滩的足迹，独自赶海。

听 海

夜幕降临，华灯初上。

耳畔，开始回荡一些怀旧又深情的音乐。夜里忽然涨潮了，我的裤腿，被汹涌而至的浪头打湿，就在我抬脚刚刚爬上更高的台阶时，仅短短一瞬，海浪拾级而上，将更多的遇见吞没。防护栏、观景台、沙滩、礁石，以及那些早已失去了生命迹象的贝壳和海螺，终究无法逃脱被冲刷被浸泡的命运。日复一日，年复一年，不知道它们是否真正尝透尝懂海水的苦与咸？是否因为追逐流沙和鱼，生命里也曾多了一次美丽的擦肩？是否因为收获太多无望与委屈，也曾梦啼一张妆泪阑珊的脸？

远远的光影里，隐隐有人走来，一步一踱，悄然徘徊。我仿佛看到从前的自己，因为年轻，固执倔强，热烈疯狂，恰似暗夜的火种，纵然奔跑，也直逼苍穹，在跋涉中燃烧，在燃烧中涅槃。

一口气，喝干瓶中最后一滴酒，我竟被呛出了眼泪，就像呛到了海水，又苦又咸。

亲爱的，我回来了。今夕何夕，咫尺天涯，你可曾陪我一起，在梦里抑或日记里，看海？听海？

今夜晴好，身后，有月色星光洒落一地，无声无息，恰似那些缓慢走过的时间与安静陨落的歌谣。

当下，微醺就好。

当下，拾梦就好。

游弋·游忆

漫无目的地，喜欢在阳光和月光里逡巡，寻觅不一样的颜色，捕捉不一样的光影，安抚不一样的心事。匆忙又迟缓的脚步，细致又柔软的眼光，终究想要从平凡的世事中探索出一种因果，想要从宿命的红尘里泅渡出一种轮回，想要从曲折的憧憬中跋涉出一味勇敢。

多少年的起起落落、来来回回，多少年的幽幽暗暗、反反复复——所有晨钟暮鼓，朝花夕拾；所有潮起潮落，云卷云舒，都只为一个起点和终点，都只为一个开始和结束。

我知道，人在旅途，总该留下一些记忆的，就像三毛履历的撒哈拉，就像琼瑶挣扎过的窗外，就像席慕蓉驰骋过的草原，就像林徽因缱绻过的人间四月天，就像张爱玲酡艳过的桃花迟暮……总有一些记忆值得保留，总有一些风景值得回首。我一直固执地认为，生命中的每一次起飞和降落，每一次到达和离开，每一次情绪高昂的奔跑，每一次心事微醺的徘徊，都是一种缘起和缘终啊。

生命不也是如此吗？我们在生命中的每一个驿站，都会收获一种最美的遇见和最刻骨铭心的告别。遇见一个人，邂逅一件事；追逐一阵风，荡开一丝笑。我们已经在人生经历与际遇的影影绰绰间，学会长大和释然。

经历是一笔财富，突然想起了一句话"大海因波浪才有气势，人生因经历才有故事"。经历了生命的风风雨雨，逾越了故事的坎坎坷坷，那些蹉跎过的美好时光，那些保留下的嘴边遗憾；那些开怀过的幸福过往，那些叹息过的锥心聚散，都在"感时花溅泪，恨别鸟惊心"的呢喃中渐次搁浅，渐次氤氲成一首梨花带雨的诗，一幅天色欲晓的画……

我想，无论阳光坦途抑或月光小径，自有它藏匿的美好。该是和什么告别的时候了，无论结局如何，我们还是要学会微笑，至少某个细节和瞬间，已经在心里，定格成了永恒——至少，我记住了晨光中的那棵银杏，记住了艳阳下的那片涟漪；记住了黄昏里的那抹夕阳，也记住了夜色里的那朵昙香。

那片白色的芦苇还在飘荡吧，那池枯萎的荷塘还在清唱吧，那树风中的梧桐还在蹁跹吧，那张蒙尘的蛛网还在等待吧。

人世浮沉，萍聚萍散。

光影一念，万物皆空。

枕着岁月飞翔

> 朝我迎来的，日复以夜，都是一些不被料到的安排，还有那么多琐碎的错误，将我们慢慢地慢慢地隔开，让今夜的我，终于明白，所有的悲欢都已成灰烬，任世间哪一条路我都不能，与你同行。
>
> ——摘自席慕容《与你同行》

我从往事中走来，我从书笺中走来，怀着忐忑，揣着懵懂，试图将爱情演绎得婉约又古典，工笔得饱满又细致，如山岗上的满月，盈润无瑕，清朗无渍。可是，可是脱下霓裳褪尽墨彩之后，生活，总要还原那些单纯的倔强、那些盲目的任性、那些迷醉的张扬、那些固执的决定。

冷，好冷。不知怎地，这个夜，特别冷。

灯火寂寞的时刻，于窗边眺望，眺望没有不可预知的未来，此刻，冷气袭来，像冰凉的蛇，不失时机地钻进袖口和领口，隐约听见，那些夹了风声的寒流，隔着玻璃窗呼号，在广袤的天地间肆无忌惮地游走，魔兽般狰狞、叫嚣。

除了冷，还是冷。这样一幅沉冤欲雨的夜空，仿佛一张倔强委屈的脸，随时可能哭泣，随时可能，淹没我无可奈何的青春。

今夜，会下雨吗？今夜，会下雪吗？是的，我是个喜欢雨的孩子，因为南方少雪，所以固执地与雨结缘。毕竟，四季轮回，让我随时可以，牵手多情的雨——春雨、夏雨、秋雨、冬雨，那些干净透明的天外飞水，总会在我不经意的守候中如约而来。至于雪，那个纯美得一尘不染的精灵，更多的时候，总是在脑海飘飞，任我想象，任我唯美，只在偶然的某个迷路的冬天，才会悄悄拥抱南方的花叶，才肯轻轻柔柔安慰多雨的眼睛。那一刻，总会惊诧了云南，沸腾了昆明。

黑夜。我听见黑夜传来膨胀的尖锐，听见彼此的思念，在黎明前悄悄破碎。窗外，萧萧无语；落花，寂寂无声。

岁月，应该是长了翅膀的。否则，不会飞得那么急，那么远，那么凄厉。

很久以前，我们年轻。年轻得不懂呵护，不懂珍惜，固守指尖红尘，一任觥筹潇洒，一任狂澜不羁；作别青春骊歌，一任悲哀泛滥，一任疚恨汹涌。残云，流水，我在广袤的天地中蜷沦，众多纷扰迎面而来，众多喧嚣擦肩而去，我用冷漠掩饰疼痛，一任盘旋的风，将生命和梦想浩渺成岁月中悲哀的尘。

岁月被我黯淡成绝潸的画布，我在画布中匍匐，闭上眼，放弃追逐。苍翠的青春，终于染上黄昏的颜色，忽然记起一些没有实现的诺言，忽然记起，那些或早或迟的芬芳和那些或深或浅的眺望。

我的成长，曾经弥漫着铺天盖地的阳光和花香。父母的宽容与微笑，像和煦的风，吹走我的不安，为我搭建真诚的愿望和美丽的信仰。所以，无论驻足怎样的风景，我会用一颗感恩和宽容的心去咀嚼，然后学会满足、学会欣赏、学会安静。

今夜，终于拥有一窗闲暇，于灯下，开始咀嚼岁月的云淡风轻。我从花叶中嗅出些许萧瑟的味道，想要写点什么，却无从落笔，除了茫然还是茫然，除了惆怅还是惆怅。斜倚露台，目之所及，是一片厚重的天空，恰似，未知的重逢和别离，又一次轻叩寂寞，在阑珊的季节里。

亲爱的，你有过这样的心情吗？

一场雨可以浇透你的落寞，一朵花可以凋零你的优柔；一首歌可以渲染你的孤寂，一杯酒可以沉醉你的清愁。

这个时候，人可以是百无聊赖的、可以是消极颓丧的、可以是万念俱灰的，面对一扇寂寥的窗、一壁单调的墙，可以什么都想，也可以什么都不想。

亲爱的，你是否了解我此刻的感受？当忧悒一点点咬噬着骨头，当落寞一丝丝渗透着血液，当铺天盖地的眩晕压迫得让人快要窒息时，我张大着的嘴巴却发不出一丝声音。此刻，如果有酒，我必将杯中物一饮而尽，然后迅速将自己醉成一首诗、一局谜、一个任时光也打不开的盲盒。

"问天何时老？问情何时绝？

我心深深处，中有千千结。"

琼瑶老师的文字真好，可以在寂寞的时候，陪伴我穿透灵魂和骨髓，枕着岁月飞翔。是不是只有这样的时刻，那个原本寂寞的我才能放飞心事，为昨天酝酿一场场相思的雨？是不是只有这样的瞬间，那个原本谦卑的我才能走进往事，为明天黯织几许轻绢淡墨的叹息？往事已矣，潮起潮落间，就有骊歌继续，在我刻满忧伤的心里，缓缓荡涤。

寂寞究竟是什么？是饮啜咖啡时吸吮到的那一丝苦涩；是抚摩红掌时不小心刮破的那一瓣创伤；是凝视木面墙壁时，随河流般的条纹开始迂回开始纠缠的心结；是用很多原色木块搭建出一个个螺旋宫殿的造型，又看着它在摇摆中轰然倒塌时的轻叹。

找一个字代替

从波峰到波谷，从欢腾到静默，从春天到秋天，从率性到淡漠——我真的老了吗？习惯了物换星移，习惯了日升月落；习惯了周而复始，习惯了劳碌奔波；习惯了繁华纷扰，习惯了人事舛错；习惯了踽踽走来，习惯了幽幽诉说；习惯了夜晚来临让自己沉醉；习惯了周末来临把自己藏匿；习惯了流光匆匆，习惯了红尘寂寂；习惯了数着星星唱歌，习惯了枕着往事睡去；习惯了岁月，习惯了自己……

我真的老了吧！我不知道寂寞为何疯长，不知道憧憬为何疲惫，不知道祈祷为何牵强，不知道快乐为何流泪。轻叩寂寞，我从门扉的罅隙中，看到一个小孩的背影，站在暗夜里哭泣，他找不到回家的路，也走不出生活的藩篱、命运的桎梏。

正如，此刻驻足窗前的我，不管外面肆虐着冷风还是聚结着雾岚；正如，此刻驻足岁月的我，不管前方狭湍着激流还是阻碍着山峦。此刻，冷气漫延，歌声漫延，寂寞漫延，我有我的微笑，我有我的遗憾，我有我的信仰。

今夜无眠，枕着你的文字歌唱，再用属于从前的微笑，点燃寂寞，点燃悲欢，点燃这个季节，最后的繁华，最后的飞翔。

若此，我无憾，亦释然。

心情版画

一枝狼毫
常常蘸满年轮的猜想
让跋着眼泪的花朵　　　　颜色凝固笔尖
学会思考　　　　　　　　气象万千的运筹
前世今生的盼望　　　　　万马奔腾的遐想
一蹙眉 一洗魂 一展颜　　我读懂油彩
线条游走画布　　　　　　你笃定岁月
　　　　　　　　　　　　……

周末小记

> 穿梭在青春里的蝶儿，许是迷路了，栖息，继续，只为回归，家的暖煦。

> ——笔者按

亲戚家的盥洗台上，常常插着一支或者两支鲜花，要么月季抑或蔷薇，要么蝴蝶兰抑或虎头兰，要么不知名的小花，一插就是一个多月，而在花颜萧瑟之后，亲戚又把枯萎的花瓣碾作尘土，埋于花壤，重新复苏新的轮回。

无一例外，盥洗台上，又重新鲜活另一支花样年华。

我喜欢这样的诗意盎然。

每次洗脸漱口，总会多看几眼，那样充满生命气息的色彩，总会让精气神能量满满，笑容满满。

就像，每个周末的清晨，我会"噔噔噔"跑到养鸡喂猪种橘子的后院，用剪刀，剪下一根一根翠翠绿绿的韭菜，那个时候，心情是富足明媚的。然后，哼着小曲进厨房，为亲戚为父母为自己煮上一碗米线或者面条，看着新新鲜鲜的绿色漂浮在汤面上，"滋溜"一声，那味道，就叫幸福。

就像，我一直期冀的那片"采菊东篱下"的悠然；就像，我一直芬芳的那朵"杂英满芳甸"的执念。

如今，我把亲戚的家当成了幸福的灵魂栖息地、文艺创作地。叔叔婶婶由着我在屋内屋外房前房后疯跑，由着我拍照，然后看见我，安静地记录下细细碎碎的生活。我把稿费兑换成鸡鸡鸭鸭、草草花花，让所有的生命开始重新成长。

早安！窗外的声音真好听：蟋蟀划拳、公鸡吊嗓、花朵写字、小河跑场……乡村的安静，复苏了小时候所有关于晨色的猜度和好奇。我想，有种当下绝不必负重前行，就像擦亮天空的氢气球，轻松安然，美丽悠扬。

简单的心灵最珍贵，简单的行囊最梦想；简单的交往最纯粹，简单的文字最飞翔。

就像，那碗刚刚起锅的热气腾腾的早餐，飘洒着青春，渗透着营养。

谁说，这样的生活没有价值和意义呢？

韭菜绿，橘子黄；柿子红，兰花香。

风 情

聆 听

我喜欢生命的细节，常常无故地被感动——
聆听着花开的声音，奔跑过雪飘的潇洒；
怀念着蝴蝶的歌唱，咀嚼过流星的忉怛……

每一个云淡风轻的日子，每一个充实宁静的夜晚，
每一次幸福快乐的回忆，每一次刻骨铭心的畅想，
总让我由衷地欣慰和欣喜，只因为——
平常的岁月里，多了一种微笑和执着，
也多了一个让人牵挂的你。

耳边，兀自响起周惠的"约定"：
"远处的钟声回荡在雨里，我们在屋檐底下牵手听，
幻想教堂里头那场婚礼，是为我俩祝福而举行……"

我是真的喜欢，这样温婉细致和温暖朴素的时刻。我是真的希望自己也能拥有这样一个雨季和在雨季中生长着的温柔和美丽……

思 念

拥有真爱的心情总是芬芳和快乐，
充满思念的日子也就变得美丽而温馨。
每一天下班以后，总喜欢安安静静地回家，
走在路上，喜欢凝视着车来人往的喧嚣和啁哳。
常常站在明亮的落地窗前傻傻地幻想，
那个微笑着的你会蓦然出现在我的身旁。

日子周而复始，季节接踵更替。
不知道什么时候开始，
我学会从生活的每一个细节每一个情景中，
捕捉着你的影子和你的气息。

总觉得和你认识以来，
已经度过了许多柔曼煦和的日子——
有快乐、有温馨、有浪漫、有宁静……
因为有了牵挂和思念，所以每一天都坦然和充实。

不愿坐车，我快乐地走着；感悟生活，我由衷地笑着；
每一张过往的善良的面孔都让我坦然、微笑和欣慰，
因为陌生的人群中，我并不感到孤单。

回家的日子，无忧而温馨。
可以躺在沙发上调一调电视，可以俯在小床上翻一翻散文；
可以坐在台几前写一写心语，可以倚在窗棂边看一看风景。

彼时天高云淡，此时云淡风轻。

绽　放

童年的天很蓝。
云也很白。
我总坐在家门前的石凳上，
托着腮帮，长久凝视。

那个时候，家门前的草坪上，生长着一棵高大的玉兰树，
树上，盛放着许多玉兰花，光洁柔蔓，冰莹带露，
那亭亭的身段和娇羞的姿态一如它的名字一样美丽动人。

一日，风起。
一朵极大的玉兰摇曳之后，便从枝头失足坠下。
几线流丽，落在了石凳的前面。
我惊看着，急忙起身，奔跑过去，拾起——
那是一朵极大的香气扑鼻的玉兰花。
一时间，我被无故地感动了，
撒开腿，一直跑到妈妈跟前，
伸出双手："妈，我拾到一朵花……"

那个时候，天真的很蓝。
云也很白。

许多年过去了，
落花的一幕没有模糊却更加清晰。

我想：我的忧柔和含蓄该缘于此——

一朵普普通通的落花，已经在一个儿童张望的眼睛里，

定格成了永远的清纯和美丽……

牵牛花

花 颜

看惯了都市的流丽繁华，听惯了机车的喧嚣沸腾，一颗平常心，总会无端地生就麻木和冷漠，正如——面对现代化办公楼没有任何欢喜；面对刚上市的豪华汽车没有任何憧憬；面对嬉笑怒骂忙碌蹉跎的市井人生没有任何评价；面对歌舞升平觥筹交错的霓虹夜场没有任何激情。

可是这样一个早上，在参差错落的钢铁森林中，没有任何预见，突然，就撞见了那块还未开垦和开发过的荒地，荒地上，自由蔓延了五颜六色的牵牛花，那种单纯明朗的惊喜、那种清凉澄澈的快乐、那种朴素委婉的感动，就那样直爽爽鲜灵灵地扑面而来，瞬间，荡开包裹心事的阴霾，复苏简单遥远的怀念。

这样突兀的清晨，我停下匆忙的脚步，驻足都市一隅，然后微笑着阅读，那些能够沉静躁郁安抚灵魂的小小精灵。带露的娇靥，舒展的手臂，始终活泼着生机，昭示着顽强。遍地的牵牛花，温柔的小喇叭，一朵朵梦想，一个个童话，在我眼前，兀自跳跃成欢快的音符，铺缘成彩色的旋律，辽阔成璀璨的星空。

此刻，它从我的记忆深处走来，粉粉紫紫，蓝蓝白白，纤纤巧巧，轻轻柔柔，然后以铺天盖地的姿势，牵引稚嫩的忐忑，摇曳缓慢的成长。

花 语

蹲下身，抚摸整个世界，整个世界突然安静下来。

我想起牵牛花的花语，该是：爱情，冷静，虚幻。

忽然惊诧于它的淡定，那许安抚岁月的淡定，那许穿越沧桑的淡定。本以为它只属于童真童趣罢了，却没想到，它的语言，原来也跟爱情有关。

牵牛花的花语刺痛了我。当我逐渐剥离那些走得最急也最美的时光，用一种近乎冷漠的祈祷，告别昨天青涩的惆怅，就在相聚和转身的路上，我看见了幻灭，看见了破碎，看见在光与影的罅隙间，所有美丽的音符如同浸水的墨彩，浓妍厚韵，斑斓凄绝，几番漂浮、扩散，氤氲成了岁月深处最悲悯的混浊。古老的牵绊，辗转的漂泊，冷却了爱情，荒芜了心，最后，唯将青春憔悴成那根暗夜里匍匐挣扎的藤，寂寞成那袂花冢旁或歌或悲的影。

是的，我眼中的爱情曾是一场青春盛宴，华丽炫目，光彩照人，却因了仓促的告白、苍茫的追逐而曲终人散，繁华尽落。或许，牵牛花的爱情，本该深植于泥层，可它却背离了土壤，攀爬向一个不可预知的地方。柔弱变成了坚持，憧憬变成了奢侈，越往前走，那叶萧瑟的等待就沉默得越浓，最后才明白——所有的开始和结束，都只为一个解不开斩不断挥不去的心结；所有的盼望和错过，都只为一次极短暂极倔强极灿烂的盛放。

清晨，偶然邂逅钢铁森林中荒芜的野地，望着蔓延的牵牛花，有梦走过，有泪滑落。

无声，亦寂寞……

四月桃花未睁眼

写下这个题目的时候，自己不禁哑然失笑。想象着我的读者朋友看到如此命题，是否也会觉得荒诞，好奇，抑或，跟我与那株四月桃树初初遇见时一样讶异。

——笔者按

四月，可能是一年中最好的月份，远离了春雨霏霏，还未到梅雨季节，天气不冷也不热，风的速度和水的温度恰到好处，空气里开始飘散柴火燃烧的干燥甜香。此时，我的呈贡早已凋落了万亩梨花白，就在天府龙泉诗人的照片里，也悄然隐匿了十里桃花红。四月的人心，已经不可遏制地开始想象那些玛瑙串似的樱桃红挂在枝叶间的邀约。

花香在和时间赛跑。不过，云南的花香此起彼伏，总会在时间得意洋洋的时候，出其不意地，以不同姿态不同颜色的芬芳向时间反击，所以，时间咬紧牙关马不停蹄地奔跑，花香铆足力气肆无忌惮地盛开。渐渐地，时间开始节节败退，因为它无可奈何地看到——昨日的花香才淡，今日的花香又浓，明日的花香待放。

于是，时间放慢了速度，它要跟花香周旋，它要拿出看家本领，它要左右花香的老去抑或诞生……

就在时间的游戏里，我懵懂地走过清明，走到谷雨。

偶然一个黄昏，我沿着石龙路散步，走着走着，赫然发现，路边竟径直延伸着一堵长长的高高的斑驳的墙壁，墙面疯长着各类绿色的藤蔓。

"里面，究竟躲藏着什么秘密？"我暗忖。带着疑问，寻了一隅墙角的缺口，我决定只身探个究竟。

穿过墙体，时间仿佛瞬间凝固。

墙内的荒朴岁月与墙外的臻荣流彩形成鲜明的对比。眼前是一条杂草丛生的土径，覆盖着些许零落碎石，人为铺筑过的痕迹，依稀可辨识路面的走向。根据隐没在草丛里的标识以及个别建筑体，可以想见当年这里必定车水马龙。

路径两旁长满了密密匝匝的紫茎泽兰（俗称"解放草"），自在又放肆地盛开着司空见惯又毫无季节感的白花花。跟紫茎泽兰一块疯长的，还有许许多多高过人头的蔗茅草，每一秆直立的植株顶上，密集着圆锥形花序，淡黄色的丝状柔毛蓬松地生长着、飘飞着，像极了水边的芦苇，摇曳多姿，自成野趣。周边高大的桉树群，因常年无人打理，伞状树冠也自然形成遮天蔽日之势，以致空气里，始终游走着桉树特有的气息。

我缓慢地走着、看着，并暗自揣度着这里曾经生长过的繁华和美丽。我不敢加快脚步，生怕脚底旋起的风会惊扰当下万物生的睡眠；亦不敢加重呼吸，担心唇边的剧烈气流会打破这份与世隔绝的祥和。

在这里，看不到现世的时间流驻足过的踪痕，除了斑驳、陈旧、苍凉、沉寂等诸多词汇外，我找不到任何鲜亮的字眼来形容如此单调朴素的画面，复苏一段被人遗忘的时光。

除了——除了一株蓦然跃入眼帘的桃树。

恍若息妫再世，偌大天地间，那棵桃树娉婷而立，楚楚动人。旁逸斜出的云鬟，错落有致的肌体，婀娜多姿的舞魅，珠玉点点的红妆，让原本毫无生气的画面竟然一下子变得生动起来。桃树的前头，竟还涟漪着一片生机勃勃空阔无边的湖水。

我怀揣欣喜，抑制激动，走近桃树。

天呐！这是怎样一株老桃，我不晓得它拥有怎样厚重的年轮，但树身粗细直逼日用矿泉水桶，两者直径不分伯仲。如果先前的远观印象误以为息夫人瑞临，那么此刻近详，它更似一位传说中驾驭沧海桑田的寿星老人，苍虬挺拔的身上，竟还灵酝出一朵硕大的树舌灵芝，足有家用盛汤的海碗那么大，我脑补着桃树未来可能结出的"仙桃"，愈加觉得在这个幽隔的世界，几经日月天地馈赠之后，道骨仙风的桃灵，必定也可以主宰季节变迁，时光流转。

此刻，桃花并未完全苏醒，还没有睁开愉悦人心的眼睛。因为每一朵原本早该凋谢的颜色，在这个被遗忘的世界里，竟然才欣然初萌，慵懒地吐出星星点点的蓓蕾，恰似，蒙昧的初生婴儿，还未曾睁开打量人世红尘的清亮的眼睛。

莫非"人间四月芳菲尽，山寺桃花始盛开"？

莫非"天子咫尺不得见，不如闭眼且养真"？

莫非"黄雀始欲衔花来，君家种桃花未开"？

莫非"自从得请归田庐，万事闭眼不问渠"？

忽然记起今年早春的惊蛰时节，曾收到来自天府之国的诗友邀请，共赴龙泉结义桃花，由于诸事耽误，最终未能遂愿成行——我欠桃花一个道歉，我欠龙泉一双眼睛。

只是，一枚桃花的约定已在心上结网，让原本可以阅尽龙泉十里桃红的眼睛寂寂然阖上了眼。如今，许是时间和花香的角逐，让眼前的桃树在四月迟暮的牵引下，终于开始复苏，开始粲然，为我打开一个心结，诠释一个答案。

只一瞬间，我的眼眶忽然发热。

这个黄昏，这个初初遇见还未曾睁眼的桃树的黄昏，忽然记起那些漫山遍野自生自灭的蔗茅草其实也叫作桃花芦；忽然记起了一段三生三世的缘分盛开在天府之国的龙泉；忽然记起了那个温婉如花微笑如风的诗友姓龙；忽然记起了这株老桃树前面的湖水叫作龙湖。

无独有偶，昭然若揭。

记忆，犹如电影快速回放一般重现：花落，花开，自成含苞骨朵；人散，人聚，笑看山长水阔。

时间放慢了速度，在它跟花香周旋一番之后，在它拿出看家本领左右了花香的老去抑或诞生之后——时间与花香终于言和，失去与遇见终于言和，是时间成就了花香，是花香点缀了季节。

四月，桃花未曾睁眼。

四月，心上桃花灼灼。

尝 雪

清晨六点，出门。

惊觉，下雪了。

好大。

晨光中，路灯下，鹅毛般轻柔的雪花纷纷扬扬飘飘洒洒，让人想起北旅的日子，也想起，刘亮鹭的《往事如昔》——

> 当我轻轻地离开了你，
> 我要回到那北方去。
> 当北方已是漫天大雪，
> 我会怀念遥远的你……

不知怎地，想着看着，看着想着，竟生就许多感动。我想，我是真的盼雪恋雪的吧，如此固执和痴迷，如此欣喜与挚爱，让我忘记寒冷，只在呵出暖流的微笑中，安静地诠释着，那个关于昨天关于冬天的梦。

一

天色渐明，雪色愈清。

怀了一片纯白的心事，落座。清清浅浅的，在显示屏前敲打一些关于雪的文字。

透过办公室的窗，依稀仿佛看到自己——踽踽来时的路上，从懵懂青涩走向成熟厚奕。

记忆的闸门一旦打开，我就肆无忌惮地放任思绪，放任疾驰的野马如迅雷般，远去，再远去。

忽然忆起 30 年前的冬天，那个身着海蓝色衬衫的少年，在楚雄牟定铺满童话的雪地上，第一次用尝雪的脚步，奔跑出一串又一串的惊喜。

忽然忆起 20 年前的冬天，那个怀抱玫瑰的青年，在翠湖边上，用忐忑的微笑融化陌生的矜持，火红芬芳的初恋羞涩了那一夜的芒絮。

忽然忆起 10 年前的冬天，那个凝望着薄透轻漪的中年，用木棍在洛龙湖边雪色的土壤里，埋下另一片天空的名字，祈祷一份祝福，以及一低头就能望见的蔚蓝。

如今，我轻轻托起 40 余岁的冬天，细细端凝着，一片又一片的雪花在掌心里舞蹈、绽放，最终幻化成几痕清澈的凉。

总是这样，有雪的日子远比无雪的时光更讨人喜欢。雪，舒舒缓缓地落下，用简单和神奇的魔力将纷繁芜杂的世界覆盖成安谧和谐的天堂——脏乱被遮蔽了，陈陋被粉饰了，喧嚣沉寂了，郁烦消失了，眼波温柔了，心情鲜活了，就连日常的琐碎、疲惫和劳碌也被雪色点缀得单纯明净了。

二

雪，越下越大。恍惚间，这些缤纷如蝶的精灵，素裹了我的悲欢，也亲吻了我的无瑕。

走在回家的路上，我贪婪地咀嚼着那一片被纯化和童话了的时空——从雪树、雪枝、雪叶、雪芽到雪屋、雪墙、雪窗、雪檐，只要迈开脚步，就有许多跟雪有关的美好事物汹涌而来——雪车、雪栏、雪桥、雪巷，还有雪坡、雪岩、雪泥、雪坎；

再远处，雪峰、雪阳、雪林、雪峦，就连偶然掠空的白鸟，我也刻意地认为那该是一只清逸洒脱的雪燕。

似乎，只要在一切坚硬灰陋的事物前添加一个简单的"雪"字，就足以使那些原本呆板单调的色质跟着柔软起来、可爱起来、美丽起来；而对于那些原本看不见也摸不着的东西，一旦触及了"雪"，也会变得极为精妙、轻盈，充满想象。

正如，我率性俏皮的唇角，可以飞扬起悠长响亮的雪哨；

正如，我娴雅多情的眼波，可以纷繁起晶莹剔透的雪诗。

若此，我疏朗恬淡的气息，必定可以轻唱一首雪歌；

若此，我细致温婉的憧憬，必定可以织就一帘雪梦。

三

掬数米小雪，入口，即化。

那许弥留舌尖的冰凉，经久不散。

一如，纠缠心头的往事，历涉沧桑，经久不陨；

一如，曾经我爱过的和爱过我的人，依旧固守心之一隅，经久不忘……

尝雪，尝出深深浅浅的快乐。

尝雪，尝出酸酸甜甜的记忆。

蓦地，就有遥远的骊歌响起，被雪光包裹，一丝一丝，萦绕耳际，安静地诉说着——往事如昔——

　　当我轻轻地唱起了你，
　　爱的记忆飘满四季。
　　当春风吹干你的泪滴，
　　青春无悔往事如昔……

唯愿，所有的往事都凝聚成雪花，圣诞绚舞之后，能睡在温暖疼惜的目光里，悄悄融化。

唯愿明日醒来，一切如新！

日 子

日子，就这么在指缝间穿梭着、流逝着。

日子，在一度繁华之后，再度还原简单的颜色。

过一天，茫然一天；过一天，奈何一天；过一天，憔悴一天；过一天，老去一天……

没有激情，没有梦想。唯用手中的笔，在了无生趣的生命里，涂抹些许云淡风轻的文字。

曾几何时，窗外的天空，一直拼命地晴朗，空气中，似乎多了些干燥的味道。突然某一天阴霾下来，那丝漂浮缠绕的清冷，终于让人感觉到日子的流转。

喜欢阴霾，喜欢寒流肆虐时的萧瑟；喜欢阴霾，喜欢云翳压顶时的悲哀。是的，我喜欢那种歇斯底里的奔跑，喜欢一种呐喊的声音从胸腔、自心底迸发出的固执和酣畅。那种窒息般尖锐的疼痛至少能让人搁浅疯狂的追逐和缱绻，至少能让人忘却疲惫的麻木和冷漠。

原来，我还可以流泪；

原来，我还可以呐喊。

原来，我还活着。

耳边，回荡着阿桑绝望的歌唱，心事不断沉寂、沉沦，最后，在夜色中蜷缩成一只冰冷坚硬的茧。当天空再度开始晴朗，那些所有想要努力忘却的疲惫和苦苦挣扎的心事，全都躲藏在厚厚的茧子里，开始冬眠。

天黑了，

孤独又慢慢刻着，

有人的心又开始疼了……

喜欢孤独，喜欢在空旷的夜色中边走边聆听自己脚步声的孤独；喜欢寂寞，喜欢仰望星空时自说自话的寂寞；喜欢悲伤，喜欢哽喉的呜咽声打湿黎明的悲伤，喜欢在巨大的厚重的梦魇之后，继续用脸颊温暖那一片浸透枕巾的冰凉。

冰凉枕着冰凉，忧伤叠着忧伤；颓唐印着颓唐，孤单望着孤单。

谁说的，

人非要快乐不可，

明不明天都无所谓了……

生命的青涩已经褪去，希望的蓝色躲在雨里。

我在雨中摸索，摸索到潮湿无边的空气，摸索到不可逾越的藩篱，还有，一个忽然泪流满面的自己。

听 雨

雨下了一夜。

早早起床，梳洗完毕后，拿着伞出了门。街上已经有了行人，步履匆匆，都在为生活奔忙着。有车辆自身边疾驰而过，发出刺耳的声响，溅起飞舞的水花，打破了这清晨的宁静。

雨一直一直地下，坐在公交车上，望着窗外绵绵的雨，可以什么都想，也可以什么都不想。我喜欢这样的时候，静静坐在车上，不需要任何言语，将目光放逐窗外的世界，心和思绪是自由的。

今天的驾驶员又是那位美丽的女子。每次上车，她都会投以微笑，虽只是一个淡极了的微笑，但足以明媚心情。女子很喜欢听歌，每次驾驶都会播放不同的歌曲。今天车内回荡着的是一支老歌，淡淡的忧伤触动着记忆深处最敏感的地方。窗外的景致都被雨雾模糊，便如同身边潮起的爱恋，说不清、看不透也解不开。

人与人之间是该有前缘的。只是，我不知道，缘分的深与浅究竟靠什么来决定？曾经一直以为，人和人之间最大的距离是生死相隔，而如今终于明白，世间最大的距离，不是时与空的跨度，不是生与死的隔绝，而是心。两两相望，却走不进彼此的心。

"少年听雨歌楼上，红烛昏罗帐。壮年听雨客舟中，江阔云底、断雁叫西风。而今听雨僧庐下，鬓已星星也，悲欢离合总无情，一任阶前、点滴到天明。"似乎一直都在听雨，雨声滴答中蹉跎了年少时光，烟雨迷漫中模糊了岁月的痕迹，是否仍要在雨声中荒废掉今生的守望？曾经以为紧紧抓在手中的便是幸福，松开手时却发现什么也不曾拥有。用怀疑和苛求的枷锁桎梏了情感，终将失去欢乐、将心禁锢，以至于不得不相信宿命。如同画了一个圆，几经轮回，又回到了起点，走不出、逃不掉、牵绊一生。许多的事情，不是不愿意，而是无能为力。相爱这样的代价，竟已是支付不起，以至于生命这样忧伤，一曲悲歌总也唱不到尽头。

也曾游走于灵与感之间，却总是与渴望擦肩而过，然后面对无所适从的疼痛与压抑，将自己折磨得筋疲力尽。于是，便将寂寞锁在心里，夜夜做着不同的梦对抗失眠，在梦的最深处，与久别的温暖重逢；却也在有的夜里，抗拒着梦的入侵，唯恐触动心中那份思念的琴弦，泛滥出长久散不去的悲哀。

时间沉淀下的哀伤与回忆，也唯有时间才能冲淡。将思绪整理进心的深处，任何等待都会有结果。而我需要的结果，仅仅是遗忘。

车在行驶，窗外的雨雾愈发迷漫。心事在雨声中逐渐苍白。雨后的天空将更加明净，一如流过泪的眼睛。淡淡的忧伤、浓浓的思绪，终将沉淀在如水的目光里，永不被提起……

六月雪

早在四月就想着待她花满枝头一定要为她写一篇清新的文字。谁叫她的名字那么诗意脱俗，谁让她的枝干龙蟠虬结的沧桑，而育结的花朵又那么精致，繁密，漫枝漫野，一朵挨着一朵，像漫天的飞雪，一个童话了的世界，六月的雪，浪漫又凄美。

可是，整整一个六月过去，七月也走了三分之一，却始终不见她结出花蕾。

六月，多好的月份，湿润又明媚，水丰草肥的样子。粗养不管的铜钱草都生出了花葶，绽放出一朵朵米粒大小的白色小花，一向低调的红掌已不知觉间打出一个红辣椒般的花蕾，行将开发，甚至只靠呼吸空气来存活的老人须都开出了小点绿色又不起眼的花粒，更别提已过了果季的草莓，仍然隔三差五固执的生出花葶，只得我再三的剪去。

可本该六月绽放的六月雪始终只是绿着，没心没肺的，问她，却不说话。

这一季花期，终究是错过了。

其实我不该怀疑自己的。虽然卖家说，肯定会开花的，肯定是三年的苗，可她的培土是那么的匆忙和贫瘠，我该换盆的，可临近花期，终没有动作，即便殷勤的灌溉和光照，错过了，就是错过了。

就像六月雪有许多花语，喜欢、关心、思恋、喜悦、守望、纯洁、梦境……可这么多美好的词汇却属于一个清冷又梦幻的名字，而一棵不开花的树，于这个林立的钢筋丛林里终究是寂寥了。

"我想我愿意
用爱情自己的颜色
来画出蓝图
但是它深深藏在心里
而眼泪
却又苍白无色
爱人啊
如果没有颜色
你能领会我的意思吗"

这是泰戈尔的一首诗。我们总是用诗歌或花朵，来祝福和挽留那些值得记忆的日子。可错过季节的花朵，抑或错过花朵的季节，却是越走越远。

也许你说得对，一朵花承载不了那么重的东西，赋予她美好的意义只是我们一厢情愿的想法。可是，不是还有春天吗？更换培土，调节内心的温差，或许我们有办法让她永远开放，用独特的方式来感染和美丽生活。

颜色不再消退，直到我干涸，你才凋零。

走过冬天

生命当下，我喜欢快乐地游走，含蓄地凝望，仔细地聆听，自由地抒唱。

曾几何时，我独步呈贡郊外的山林，偶然看见一株藤蔓依附着树干，柔软与坚实相互交缠，蓦地，感动于那静美的一幕。原来，沉默着的幸福和忧伤，竟可以那样明了，也可以那样简单。

沐浴在冬日的暖阳里，由内而外有一种柔软的舒畅和温暖。仿佛遥远的呢喃穿破尘世的守望，以一缕风的痕迹一朵花的矜持，清凉地吹拂，温暖地绽放。

一片落叶会惊醒整个冬天，一朵流云会渲染整世沧桑。一幕往事会摇落清澈的期许，一段记忆会定格葱茏的时光。

是的，每个人的心路历程中，都有着一段故事、一抹尘缘，岁月的流逝并没有带走那些或温馨或厚重或缺憾的记忆。记忆即为永恒，"永恒"里若存在那些或盈或缺的时刻，若写就那些或浓或淡的悲欢，那么，未来可能遭遇的种种坎坷与挫折，便得到了安慰与补偿。

这个冬天，氤氲着薄雾，流淌着清寒。一度阴霾之后，终于出现了钻石般珍贵的阳光。

清晨，我在玫瑰色的晨曦中醒来，仿佛被天使的嘴唇轻轻吻醒一样，收获满怀的幸福和欣喜。工作之余，我充实地快乐着、单纯地知足着、由衷地呼吸着、安静地微笑着。

耳畔，蓦然袭来一段古老而熟悉的音乐。

忽然喜欢上这个晴朗得令人愉悦的冬日，忽然喜欢上那轮久违了的美丽的太阳。

这样的时刻，就该安静地享受这美好的时光，看阳光在树叶的间隙中一点点的倾斜，听风声在空气中舒缓地流淌，满足于当下，心思自然清净喜悦。当我们能在每一个片刻里感觉到幸福，也就能从每一片叶每一朵花里嗅到天堂。

人生，总会在某些阶段遭遇情感的冬季。

走过落寞，依然会收获丰盈；走过冬天，总有春天的绿意染遍所有的荒芜。花开总是好的，花谢也是好的；晴天总是好的，雨天也是好的；日升总是好的，日落也是好的；月圆总是好的，月缺也是好的。只要我们含笑接受"人生原本就不完美"这个事实，那么一切都是好的。

若生命的河流，是一段曲折的沧桑；若岁月的清溪，是迢迢前去的逝者。那么，路过的点点滴滴，走过的深深浅浅，无论时间如何流逝，都将成为记忆中的亘古、生命里的永恒。

是的，对我们来说，所有曾经发生过的每个细节都是珍贵的生命体验，所有从前经历过的每个片刻都是只此一次的人生印象，是这些体验和印象促使我们去思考存在的价值，修正性格里负面的阴影，让我们在不断不断的思考与修正中成为一个更完整的人，成就一段更加完满的人生。

你说，"看着清澈见底的溪水，忽然不再为逝去的而忧伤，也不再为失落的而迷惘……"如是，甜蜜总是好的，悲伤也是好的；快乐总是好的，痛苦也是好的；笑总是好的，哭也是好的；爱总是好的，不爱也是好的。

"插上/你赐予的隐形的翅膀/奋翮引吭/我的心/重回自然/依旧是/依旧是阳光下/自由飘飞着的/那一柄柄/精致又惬意/轻盈又美丽的小伞。"

感怀如你，默契如我；清茶如你，飞絮如我。

这个冬日必是温暖的。因为尘埃落定，就有皓缘翩跹而来，洁白如雪，绚烂若蝶。

这个春天不悲伤

2020 年，这个春天注定是悲伤的，那袭猝不及防又毛骨悚然的悲伤，伴随着新年的钟声，一点一点，渗入血液，钻进骨髓。

每天起床必修的作业就是打开手机，着急地关注着分分秒秒都在持续增长并已经流星化了的灵魂数字。漫天飞舞的疫情信息，像是地球前所未有地摁下了一个开关，导致新冠病毒竟以大牌主角的身份极富魔幻地闪亮登场，武汉就是它们的表演舞台，全社会的演员都在陪它参与这场演出。当有血有肉的生命化作一个个冰冷数字，甚至无需与自己故土的亲人告别，因为一粒飞沫的速度让人始料未及。人在灾难面前，何其渺小，毒魔噬人，哪会留给你生命尊严的体面？

脑海中，电视上，微信里，那一团团皎洁的白月光，在英雄的出发地像雪花般飞，向着武汉飞。他们在请愿，她们在奔袭，他们在拯救，她们在呼唤，她们，举起锋利的剪刀，毫不犹豫甚至义无反顾，剪断了女孩子们为之骄傲为之妩媚的青丝，为避免交叉感染，为节约穿脱防护服衣帽的时间，为全情投入疫情防控工作，为那些寒风中无助挣扎的生命。

可此时，我能做些什么？我想起了穿行的红手印，想起了一缕一缕飘飞的发丝，想起了她们告别亲人时的眼泪。她们的行动激励着我创作的勇气，她们让我看见没有硝烟的战场，让我看见凤凰涅槃的希望。为了安抚武汉，也为了安抚自己史无前例又备受煎熬的责任感，我决定创作，创作散文、诗歌，甚至音乐。于是，我写下了《青丝别》——

"你曾裙裾翩跹　蝴蝶追红楼
也曾梳篦问月　轻解云中岫
慢将如瀑芳华　心事绕指柔
鸾剪问候落霞　春晖也颤抖
一缕一缕飘香去
一幕一幕涌心头
檐花簌簌沾满袖
抽刀断水水更流

如今壮志成钢　举身赴荆州
柔肠巾帼翘楚　侠骨报春秋
白月光的战袍　泽畔瓣雪走
铁拳铮铮的誓言　行吟在坚守
一枚一枚红手印
一幅一幅震天吼
泪雨纷飞辞高堂
无语凝噎十指扣

青丝别，别忧愁
淡去红妆无花也风流
青丝别，追穷寇
寸寸丹心百战织锦绣
青丝别，再回首

他日凯旋再把青丝留青丝留！"

纵观每个人面对疫情的态度或许有异，但不要被感染的念头是一样的。毒魔每分每秒都可能从每一个人的生命路过，其狼子野心在山风的袖袍中窥伺，在斜阳的咽喉里觇觑。所有的新闻媒体还在播报着远远近近的疫情消息，大拨大拨的逆行者们出发，再出发，只要他们和她们出现在灾区，武汉人民就有救。

这个春天不再悲伤，英雄的中华民族愈挫愈勇敢，伴随着逆行之光，我们看见飘逸的青丝，在蔚蓝的天空下，袅娜芬芳，轻舞飞扬。

向春天出发

新的一天，新的晨光，和我一起欣欣然张开了眼，就像，这片熟悉的土地，刚刚萌发的新芽，蠢蠢欲动着春天。是的，冬天到了，春天还会远吗？让我带着你们，在丰腴的土地上，一起寻找冬天里的春天。

我触摸到的第一幅春天，正生机勃勃在万亩田畴，它像个孩子，怯怯探出头，伸展着嫩绿，昭示着欣欣向荣。早晨的阳光，在地面上玩耍，时而幻作一朵一朵斑驳的影，随风律动；时而化成一件一件金边的裳，与叶起舞。我看见狗尾巴草不说话，它在和它的影子对话，就像，我在跟大自然对话，就像，那些在空气中旋转着的正给菜畦沐浴的水花，也能用属于它的关怀，浇醒一株株童话。

村口的铁轨寂寂然，匍匐着前生后世的思念，我想，总有一辆开往春天的火车，能够呼啸出甜蜜的倔强，就在匆匆别离之后，每一颗轨道石，亦裹住南来北往的花香。我和我的文字是好朋友，它带着我，穿越一个又一个村庄，找到属于先知的世界，找到一面会讲故事的墙。蜘蛛寻找春天去了，留下一张结满长风的网；玉米棒子不说话，笑眯眯地晒着太阳；牵牛花还在努力攀援，试图看一看瓦檐上的青苔，里面兴许孕育着蒲公英的飞翔。

长满季节的土地，当然也长满了传奇。咖啡色的呼吸，酝酿着金黄色的记忆，还有良人归来的消息。安静的草垛，碧绿的棕榈，发光的桉树叶，彩色的"卷珠帘"，新生的油菜苗，加上清淙的流水、常春藤的倒影以及一仰头就看见的昆明蓝，感觉心情无比幸福和简单，日子在指缝间穿梭，翻手为风，覆手为雨，微笑的剪影，砥砺着行云流水的光景和境遇。

向春天出发，收藏一路潋滟的芳华，折叠成万紫千红的礼物，让季节收下；

向幸福出发，打点承欢膝下的天伦，聚焦成风雨相伴的感动，让光阴笑纳；

向快乐出发，采撷鲤鱼的眼泪、浮萍的心事、梁祝的十八相送、树阴的爱晴柔、稻草人的守望、红柿树的梦想、麻雀的交谈、蜗牛的家，呵护成弥足珍贵的相册，让岁月无瑕。

是的，只要给我一粒种子，我就一定会在明媚的土地上，耕耘出会唱歌的杜鹃花。

其实，春天并不遥远，她就镶嵌在一双双热爱生活的眼睛里；春天并不躲藏，她就活泼在一颗颗充满希望的蔚蓝的心里。

从今天出发

2020 年，注定是悲伤的一年，一场突如其来的新型冠状病毒挑衅着全球、全人类，中国人民众志成城，咬紧牙关，挺过了极不平凡的一年；2021 年，注定也是勇敢的一年，每个人经历了灾难的残酷洗礼，内心已变得更加笃定和强大，就连炯炯如炬的目光，也能让一切诡谲魅影战栗落荒。

过去的一年终究是要过去的，我们在摸索中在成长中，更要学会坦然学会释怀，学会在磨难中跋涉出一味柳暗花明的光阴，而不是披着满身冬季，在原地哆嗦呻吟。诚然，立足"回顾"与"展望"，我们总在一个又一个"寻"和"盼"的日子中度过。面对大柄大柄的风雪刀子抑或大把大把的阳光翅膀，一颗凡尘心，自然期冀好运来，总希望周遭的万物生务必完美一点、再完美一点。

正如，春天到了，想要寻找花瓣和露珠；夏天到了，急切寻找蜻蜓与湖水；秋天到了，执着寻找落叶和谷堆；冬天到了，妄图寻找海鸥与蜡梅。对于关乎"美"的追求与审视，有时我们近乎苛刻和执念，举个例子，伫立在某个特别的时刻，莫名其妙地，一颗不安分的心，总会生就一些殚精竭虑又不可遏制的盼望——春天的百花香里，忽然盼望啃一支雪糕，追一捧流萤，吹一朵蒲公英；夏天的知了声中，忽然盼望喝一杯咖啡，买一件衣服，剪一款新发型；秋天的银杏黄里，忽然盼望见一个老友，数一晚星星，看一场好电影；冬天的呈贡蓝里，忽然盼望淋一场细雨，听一池落雪，寻一院杜鹃醒。

看日出的凌晨，忽然渴望温暖的围脖；写文章的雨夜，忽然怀念遥远的月光；泛舟涉水的黄昏，忽然记起娉婷的莲梦；他乡旅途的哼唱，忽然想起白发的故乡。然后，在温热的茶汤里，在温热的眼眶里，开始悼念那阙舟楫远去的岸，那抹逐渐消散的笑容，那个没有污染的晨昏，那坡长满相思树的山岗和那些不需要费力的眼神。

然而，"寻"得那么长久，"盼"得那么疲惫，无论得到抑或得不到，依然有太多的"放不下"在心里生根发芽。因为得到了害怕失去，所以患得患失；因为得不到耿耿于怀，所以意兴阑珊。所有心心念念的张望，朝朝暮暮的懊恼，不顾一切的追逐，无以复加的徘徊，全都源于那许"放不下"。

该来的总是会笑笑迎你，该走的必然要踽踽离开。

其实，寻，是奋斗的过程，结果不重要；盼，是乐观的憧憬，结果亦不重要。重要的是，我们一路走来所收获的风景——纵然跋涉，已走遍川江；纵然摔倒，已慰尘坚强；纵然困惑，已时光不负；纵然疼痛，已万物疗伤。任红尘蹉跎，岁月隐酌，又有谁为谁，一笑而过？所以，只有学会从容，从容行走，从容放下，才能活出"悠然见南山"的惬意和"心远地自偏"的豁达。

新的一年，我们就该放下压力，收获轻松；放下抱怨，收获舒坦；放下痛苦，收获快乐；放下嘈杂，收获简单；放下懒惰，收获充实；放下固执，收获坦荡；放下消极，收获进取；放下抱怨，收获阳光；放下犹豫，收获潇洒；放下狭隘，收获辽旷；放下愚昧，收获智慧；放下卑微，收获信仰；放下贪婪，收获愉悦；放下忐忑，收获明朗；放下羁绊，收获自由；放下偏见，收获好缘；放下过去，收获明天；放下种子，收获希望。

　　寻，是一种责任一种态度；盼，是一种期望一种心境。也许，人生并不是赢在"收获"，而是赢在"放下"。忽然想起一句醒世偈子——"春有百花秋有月，夏有凉风冬有雪。若无闲事挂心头，便是人间好时节"。

　　站在新的一年新的起点，就让我们从今天出发吧。当第一株油菜开花的时候，不要怀疑，春天就快到了！

跋

　　四季流转，呈贡的路旁或者小区或者公园，总会盛开各式各样温温柔柔的花，一树树，一丛丛，点缀着这座城市的繁华。

　　走过她们时，我总会抬起头，在纤纤柔柔的花叶间，在细细碎碎的花影里，寻找前世遗忘的梦。我常常想，前世，我必是一个种花人吧，否则今生为何那么钟爱花？那么固执地痴迷她、懂她、惜她，一如流淌在我笔下的字，时常微笑着打量这个楚楚动人的世界。

　　我的心里，总是蹁跹着莫名的感动，说不清，道不明，仿佛每一朵花蕊间每一个文字间，都躲藏着眺望着一缕花魂一枚字魄，夜夜吟唱着，一首来自古老河岸的歌，那么熟悉，那么优柔，那么牵念。

　　行走在呈贡的风，吹过迥然不同的风景，始终愉悦着人们的眼睛，那或是一脉相承的人文感召，又或是魂牵梦绕的故土乡情。正如，我多思的眼眸，始终眷恋着呈贡的一山一水、一花一果、一砖一瓦、一草一木。

　　一帧灿烂的风景，云集琼音素斗，斧峦苍虬，唯在一颦一笑的季节里，恍惚一朵记忆，迷醉一方宾朋，唤醒一泓砥砺，崛起一座新区。

　　那么，就让我们浅唱一首歌，并以优雅的心情去聆听吧；就让我们阅读一本书，并以探寻的姿态去咀嚼吧。

　　红尘中，有一种相遇，它能直抵灵魂最深处，只为那许对一个城市一束风景的牵挂与承诺。住在呈贡的阳光和蔚蓝里，我以安静端庄的姿态，搁浅喧嚣，将那份固有的矜持和温暖，轻轻绽放在脸上，然后将太多对于故土乡情所的依赖，全部放逐这片热土，并在生命里，留下最华美的荏苒，再与记忆和思念来一次完美的邂逅，感受近在咫尺的澎湃，体会心与心的牵手。

今生，我有一束芬芳的执念，在属于自己的故土乡情里，耕耘一片花田，在槭树下，在葡萄架旁，任性地种上各种季节，各种颜色，各种清香，然后，再让透过花影缤纷的那一枚月亮，痴痴地恋上我的花田……

拜谢各位读者的凝阅，由于个人书写能力有限，文字仍有不足。不妥之处，望海涵斧正！